살아 있으니
그럼 된 거야

암, 암이어도 괜찮아요

어느 유방암 환자가 육백일 동안 길어올린 반짝이는 생각의 편린들

살아 있으니
그럼 된 거야

살아 있으니 그럼 된 거야

살아 있으니 그럼 된 거야

–

지은이 김사은
펴낸이 김용태 | **펴낸곳** 이룸나무
편집장 김유미 | **편집** 김지현 **마케팅** 출판마케팅센터 | **디자인** PlanB

–

초판 1쇄 인쇄일 2016년 12월 25일
초판 1쇄 발행일 2016년 12월 30일

주소 410-828 경기도 고양시 일산동구 산두로 265-17 3층(정발산동)
전화 031-919-2508 **마케팅** 031-943-1656 **팩시밀리** 031-919-2509
E-mail iroomnamu@naver.com
출판 신고 제 2015-000016 (2009년 9월 16일)
가격 15,000원
ISBN 978-89-98790-43-1 03810

난, 암이어도 괜찮아요

한 유방암 환자가 육백일 동안 길어올린 반짝이는 생각의 편린들

살아 있으니
그럼 된 거야

김사은 지음

이룸나무

지은이가 전하는 말

이 책은 건강 서적이 아닙니다.

이 책은 암에 대한 정보 서적도 아닙니다.

이 책은 병실 일기도, 치료 과정의 기록서도 아닙니다.

이 책은 그냥, 느닷없이 암 판정을 받고 수술을 하고 항암을 하며 암 환자로 살고 있는 한 50대 여성의 일상 속의 편린片鱗들입니다.

이 사람이 이후 어떤 방법으로 암을 완치했는지, 혹은 암으로 인해 이런저런 어떤 병을 더해서 생을 다했는지, 부디 관심 두지 말아주세요. 저 역시도 저의 앞날이 어떻게 전개될지 궁금해하지 않겠습니다.

부디! 당신들에게는 이와 같은 일이 절대 일어나지 않기를 바라지만, 당신과 가까운 누군가 느닷없이 '암 환자'가 되었을 때 아마도 저와 비슷한 심경의 변화 과정을 거치게 될 것이고, 반드시 거쳐야 할 것이기에 동병상련同病相憐의 심정으로 제 생각을 나누고 싶습니다.

설령 당신이 암 선고를 받았다 할지라도 너무 걱정 마세요.

충격과 공포, 불안과 두려움이 일상을 지배하겠지만,
"괜찮다" 위무해 주고 싶습니다.

왜냐면, 저는 암 환자니까요.
왜냐면, 제가 겪었으니까요.

괜찮아요.
다 괜찮아요.
진정 하고 싶은 이 말을 위해
오랫동안 묵혀온 수첩을 꺼냈습니다.

괜찮아요. 정말 다 괜찮아요.
"살아 있으니 그럼 된 거야"라고 말하고 싶습니다.

2016. 12

김사은

C
O
N
T
E
N
T
S

•
•
•

1

국가 인정 중증 암 환자

국가 인정
중증 유방암 환자가
된 날

아픈 데는 없는데, 암이라고 했다.

서울대학교병원 유방갑상선과 수납 창구. 전주의 병원에서 받은 각종 검사지와 영상 CD, 소견서를 제출하고 수술을 위한 검사 일정을 잡으려는데 창구 담당자가 무덤덤한 어조로 말한다.

"중증 암 환자로 등록되셨습니다."

처음 낸 비용의 95%를 환급해주면서 그는 "중증 암 환자로 등록되면 외래 또는 입원진료 시 요양급여 비용의 5%만 부담한다"는 내용까지 친절하게 덧붙였다.

전주에서 시행한 검사나 판독 결과와 다를 바 없이, 유방암으로 확진되었다는 뜻이었다. 절대 암일 리 없다며, 오진誤診이길 기대했지만, 그런 기적은 일어나지 않았다.

손이 바르르 떨리고, 순간 하늘이 노래졌다. 그렇게 국가에서 인정해주는 중증 암 환자가 되었다. 조직검사 이후 현실을 인정하지 못하고 무중력 상태로 며칠을 헤매던 나는 '중증 암 환자'로 등록되면서 암癌과 마주하게 되었다.

전주에서 처음 조직검사를 받은 후, 평상심을 유지하려 애썼지만, 태연할 수 없었다. 하루는 나의 빈약한 재정을 관리해주는 친구에게 물었다.

"만약 암으로 판정받으면, 보험금을 얼마나 받을 수 있지…"

많은 사람의 재정을 설계해주고 관리해주는 그조차 내가 암이라는 사실을 인정하지 않고 "보험금은 꿈도 꾸지 말라" 일축했다. 되려 호된 질책만 뒤따랐다.

"그냥 우리 또래 여성들에게 흔한 양성 유방질환으로 맘모톰인가 뭔가, 간단히 그런 시술이나 하고 말 것"이라고 그는 단언했다. "그러면 좋겠지" 그의 대답에 나 역시 실낱같은 희망을 걸었지만, 오만가지 상념이 밤마다 머리를 떠나지 않았다.

'암이면 어떡하지?'에서 시작된 두려움은 일파만파 커져만 갔다. '어차피 암은 암인데, 어떤 성질인지, 예후는 어떤지…….' 꼬리를 물고 마음이 흔들렸다. 어느 정도로 전이됐는지, 그것도 가장 많은 불안지수를 차지했다. 자매처럼 가깝게 지내던 후배를 유방암으로 잃은 지 3개월도 되지 않아서 후배 생각이 더욱 간절했다. 울음을 아끼느라 마음 놓고 그녀의 죽음을 애도해보지도 못한 채, 나는 그렇게 그렇게 국가가 인증한 중증환자, 유방암 환자가 되었다.

　암 판정을 받고 나자 표정 관리가 힘들어졌다. 한동안 모임에
도 나가지 않고 주변 정리에 힘썼다. 모임에서는 내가 유방암이
라는 사실을 알고 다들 충격을 받았다고 했다.

　그렇겠지……. 나 또한 누군가 암이라는 사실을 전해 들으면
그 사람을 곧 못 볼 것 같은 불안과 두려움에 떨었으니까.

　그러고 보면
　암은 참, 무서운 존재다.
　암,
　암 때문에
　평화롭던
　내 인생이 흔들렸다.

암 = 앎

암에 걸린 사람은 안다.

암이 왜 앎인지 알게 된다.

인간이 얼마나 나약한 존재인지.

내가 살아온 날이 얼마나 감사한지.

앞으로 살아갈 날이 얼마나 은혜로운지.

나와 인연되어준 사람들이 얼마나 고마운지.

내 앞에 주어진 것들이 얼마나 큰 축복이었는지.

암에 걸리고서야 비로소 확실히 알게 되는 삶의 모순.

암癌 = 갑甲

암 경험자인 K 선배가 빠르게 대처해 준 덕분에 유방암 수술의 권위자인 서울대학병원 N 교수님으로부터 수술을 받게 되었다. 게다가 예상보다 일찍 수술 날짜도 정할 수 있었다. 회사에서도 사장님과 동료 직원들이 암 확진을 받은 날부터 수술과 치료에 전념하라고 배려해주어 마음의 짐을 덜었다. 마침 봄철 프로그램 편성이 며칠 앞으로 다가와 있어서 프로그램에서 빠지는 것도 오히려 자연스럽게 처리되었다.

2015년 4월 1일 자로 휴직계를 내고 전주와 서울을 오가며 수술 준비에 몰입했다. 그러나 그것도 내 의지는 아니었다. 선배가 병원에 접수며, 버스표까지 예매해서 나는 그냥 이끌어주는 대로 따라다닐 뿐이었다.

사람들은 암 선고를 받고 나면 십중팔구 '멍 때리다가' 뭐부터 해야 할지 몰라 당황하곤 한다. 그도 그럴 것이 암이라는 것이 일상화된 병도 아니고 대부분 '나에게는 그런 일이 절대 일어나지 않을 것'이라는 막연한 믿음으로 별반 대비 없이 살아가기 때문이다.

하기야 "만약 내가 암 환자가 된다면 이러이러하게 준비를 해서 이러저러한 절차를 거쳐 수술과 치료를 해야지"라고 계획을 세운다는 것도 우스운 일이다. 그런 삶이 유쾌할 리도 없다. 나 또한 내 삶에 '암 환자'가 되는 계획은 절대 세우지 않았던 터라 부정과 인정, 불안과 두려움 등 감정의 그래프가 여러 차례 오르락내리락하였다. 참으로 어이가 없었다. 암은 나의 감정이나 의지, 정황 따위를 아랑곳하지 않고 나를 지배하고 군림하는 폭군이었다.

어느새 내가 사소한 그 어떤 세상사에도 곧잘 무릎을 꿇고, 조력자 없이는 아무것도 못 할, 진짜로 맥脈 잃은 사람이 되고 말았다.

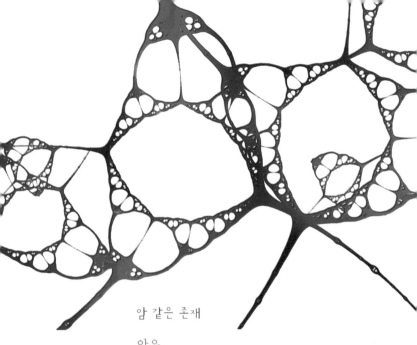

암 같은 존재

암은
건강한 세포를 공격해서
勢를 과시하고
勢力을 확장하고
歲月을 좀먹는다.

살아있는 건 모조리 먹어치우고
급기야
살아있는 것을 죽이며
스스로 自滅의 길에 이르는,
그 끝이 共滅이다.

그래도
암같은 존재 될래?

알 수 없는 인생

건강검진 때마다 20대에 앓은 위염, 위궤양의 흔적과 중년 이후 불어난 체중으로 인한 비만이 지적되곤 했으나 직장인으로서 고질적인 만성피로, 간헐적으로 찾아오는 신경성 두통, 녹음과 편집으로 인한 어깨 통증, 늘 달고 사는 약간의 감기 기운, 꽤 강한 피로감에 드러나는 피부질환 등은 '아는 병'이었다.

위 증상은 1년에 한 번 정도 정기검진을 통해 변이가 있는지 살폈다. 체중을 줄여야 하고 적당한 운동과 균형 잡힌 식단 조절이 필요하다는 정도는 익히 알고 있었다. 두통은 휴식이 필요하고, 피로할 때 입술이나 얇은 점막에 나타나는 헤르페스 바이러스는 의사에 처방에 따라 처방 약을 먹고 연고를 바르면 가라앉곤 했다. 면역력을 증강하고 체온을 높이는 것이 중요하며 수없이 반복되는 운동의 필요성도 늘 마음속 숙제였다. 다만 실천이 문제였다.

솔직히 주위 사람들의 건강 강박증을 유난스럽다고 경시했으며 방송에서 떠들어대는 각종 건강 정보를 요란스럽다고 일축했다. 주변에 속출하는 환자들에 대해서는 진심으로 건강을 염려하고 쾌유를 기원했으나 요즘은 의술이 좋아서 금방 건강해질 거라고 믿어 의심치 않았다. 네댓 명이 모임을 할 때, 어느 날은 나만 빼고 모두 암 수술 경험이 있는 암 환자라는 점에서 스스로 나의 건강체질을 대견해하기도 했다.

선배 한의사가 방송국에 들러 고질적인 어깨 통증을 침으로 해결해주고 스튜디오에서 할 수 있는 운동 방법까지 알려 주었다. 나이가 들수록 건강에 신경을 써야겠다는 것과 대강의 방법까지도 알아 두었지만, 시간과 여건이 안 된다며 미적미적 무신경으로 일관해온 중이었다. 딱히 어디가 심하게 아프고 우려되는 증상이 나타나서 병원에 간 것이 아니었다. 우연히 오른쪽 가슴 위에 딱딱한 물체를 발견하고 내과 검진을 간 김에 가까이 지내는 K 원장에게 말했더니, 그날로 검사를 해보자고 했다. 하필 그날이 토요일이어서 K 원장이 여기저기 연락을 취한 후에 병원을 연결해주었다.

병원 마감 시간 전에 급히 찾은 병원에서는 유방 엑스레이 판독 후 초음파를 진행하면서 조직검사까지 같이하자고 했다. 제일 불안하고 거부반응이 이는 게 조직검사였다. 하지만 건강검진에서는 통과의례에 해당할 일상적인 검사인 게다. 뭔가 찜찜하고 불편한 마음으로 시간을 보냈다. 며칠 후 검사를 진행한 병원에서 원장이 직접 전화를 해서 "가급적 이른 시일 안에 보호자와 같이 병원에 오라"는 통보를 전했다.

무언지 우려할 만한 상황이 벌어진 것이다.
훗날 들으니, 내과의 K 원장은 손으로 만져보고 악성 종양임을 직감했다고 한다. 단단하고 불규칙한 덩어리가 악성 종양인

∴

것이 확실한데, 정작 당사자는 여유롭게 며칠 뒤에 건강검진을 한다고 말하니 걱정이 되어서 자신이 서둘러 검사를 하러 보낸 것이라고 했다. 그도 그럴 것이, 내가 전북대학교 병원에 건강검진을 신청한 것이 그다음 주 월요일인데, 유방 초음파 검사를 하지 않으면 발견될 수도 없는 부위인데다가 설령 발견했다 하더라도 재검 등의 절차를 거치면 보름에서 한 달 정도는 훌쩍 지나칠 수도 있는 일이어서 K 원장 나름, 마음이 급해서 토요일 검진이 가능한 병원을 수소문해서 믿을만한 후배 의사에게 나를 보낸 것이었다.

그리고 보니 K 원장이야말로 내가 조기에 암을 발견하고 신속하게 수술에 대처할 수 있도록 하는 데 일등 공신인 셈이다. 토요일 오후에 검사를 했는데 수요일 낮에 통보를 받았으니 검사 결과 확인 또한 대단히 빠르게 진행된 셈이었다.

통상적으로 암 환자들의 감정변화 추이를 가늠하자면, 검사 결과 통보를 기다리는 순간이 제일 불안하고 초조할 것이다. 그 동안에 수많은 시나리오를 쓸 것이다.

호스피스 운동가이자 의사인 엘리자베스 큐블러 로스에 따르면 불행에 다다르거나 비극적인 상황을 비롯해 죽음에 이른 사람들은 부정, 분노, 타협, 우울, 수용의 다섯 단계를 거친다.

'아니야, 절대 그럴 리 없어'로 시작된 감정의 봇물은, '왜 내게 이런 일이!' '왜 나만 이런 고통을?' 싶은 분노를 느끼게 한다.

그런 다음엔 자신의 무엇인가를 걸고 신과의 타협을 생각한다. '내 병을 낫게만 해준다면……' 뭔가 거래를 위한 새로운 인생의 전환점을 생각한다. 그러면서도 끝내 상실감에 짓눌려 우울해지고 마지막엔 그조차도 모두 수용하는 단계에 이르게 된다는 이론인 것이다.

환자가 되어보니 암 진단 초기에는 대부분 부정과 분노, 타협의 단계를 거친다는 게 맞는 것 같다. 시간과 관계없이, 어떤 사람들에게는 인생의 가장 깊은 슬픔과 고통을, 누군가에게는 아주 은밀하게 자아를 성찰하는 계기를 마련해주기도 하리라.

그 어떤, 어느 단계이든 나에게도 이미 주사위는 던져지고야 말았다.

같은 상황, 다른 생각

당신이 금방 세상을 등진다고 해도
어떤 사람은 당신만큼 심각하지 않다.
하지만 어떤 사람은
당신보다 더 슬퍼할 것이다.

암 환자를
보는 시각

암 환자가 되고 나니 주변의 반응이 꽤 불편했다. 하기야 나 또한 누가 암에 걸렸다고 하면 마치 사망 선고나 받은 듯 그 사람의 인생을 미리 앞질러서 평가하고 동정 혹은 연민을 느끼곤 했다. 도의적으로 그런 관심을 표현하고 위로의 말을 건네는 것이 좋은 건지, 아니면 모른 체하는 것이 나을지 생각할수록 정답이 나오지 않는다. 나의 경우 문자나 전화가 많이 왔는데 일일이 받을 수도 없고 응대를 잘할 수가 없었다.

환자의 심정은 매우 복잡하고 예민하고 민감하기 마련이다.

울거나 탄식을 늘어놓는 따위는 절대로 하지 말아야 할 일이다. 문병하고 싶어도 환자가 원치 않으면 그 뜻을 쫓아 주는 게 좋겠다. 문병을 가고 위로를 하는 것이 도리라고 생각하지만, 환자가 원치 않으면 그의 의견을 존중하는 것이 배려다. 자기 마음 편하자고 환자의 의중을 무시하고 불시에 찾아가는 것은 예의가 아니다. 그를 만나서 위로가 될 수도 있겠지만, 그 사람 때문에 더 마음이 불편할 수도 있다. 해묵은 원한이 폭발할 수도 있고 마음에 맺힌 분노가 표출될 수도 있다.

문제는, 환자의 변덕이 심하다는 것이다. 감정의 변화는 환자 자신만이 알고 있으니 환자의 뜻을 따라 주는 것이 백번 옳다. 굳이 안 와도 되는 사람이 오면 껄끄럽고, 꼭 연락이 와야 할 사람이 무신경하다 싶으면 슬퍼진다. 그러니 어쩌라는 건가 싶지만, 그 또한 아량이 필요한 부분들이다. 그가 당장에 암을 앓고 있는 환자라는 것을……

문자로 마음을 전하되, 환자 쪽에서 답이 없다 하더라도 '우리가 이런 사이밖에 안됐나' 라고, 섭섭해 하거나 노여워하지 말라.

환자는 문자 자체를 좋은 쪽으로 인지하고 있을 것이다. 일단 전화를 해보고 안 받는다면 용기를 주는 간단한 사연을 문자로 보내서 닿고 싶은 마음을 전하는 정도면 충분하지 싶다.

좋은 말

"그래, 좋은 기회야. 푹 쉬어라"

"다 내려놓고 편히 쉬어라"

내려놓을 게 없는데
자꾸 내려놓으라 한다.

좋은 말도 잦으면
참
듣기 거북하다.

참회하기
좋은
자세

수술에 앞서 MRI와 CT 촬영이 있었다. MRI와 CT의 차이에 대해 궁금해서 검색해봤다.

MRI란 자기공명영상을 뜻한다. 자기장을 발생시키는 자석 통에 들어간 후 고주파를 발생시켜 신체 부위 각 조직에서 나오는 신호의 차이를 측정하여 영상화하는 것을 말한다. 쉽게 말하자면 자력에 의해 발생하는 자기장을 이용하여 신체의 단층 상을 얻을 수 있는 첨단의학 기계다. 검사의 종류와 촬영 부위에 따라 짧게는 20여 분에서 1시간 이상 소요될 수 있으며 검사방법과 조영제 사용 여부에 따라 검사시간은 차이가 있을 수 있다. MRI는 X선을 이용한 단순한 X-ray 촬영과는 달리 방사선인 고주파를 이용하는 검사이기 때문에 사실상 인체에 해가 없다.

CT는 X선 발생장치가 있는 큰 기계에서 X선을 이용하여 인체의 횡단면 상의 영상을 획득하여 진단에 이용하는 검사이다. 단순 X-ray 촬영과는 달리 구조물이 겹쳐지는 것이 적어 구조물 및 병변을 좀 더 자세히 볼 수 있는 장점이 있다. CT 기계의 침대 위에 누워 촬영하며 검사시간은 10~20분 정도 소요된다. CT는 짧은 시간 안에 인체의 단면을 측정할 수 있으며, 골절이나 뇌출혈 등의 진단이 MRI보다 우수하다. 또한, 촬영시간이 짧아 계속 움직이는 장기를 찍는 데 유리하다.

즉 CT에서는 인체를 가로로 자른 모양인 횡단면 영상이 위주이지만, MRI는 환자의 자세 변화 없이 원하는 방향에 따라 영상을 자유롭게 얻을 수 있으며 CT는 X선을 이용하여 영상을 얻지만, MRI는 자기장 내에서 고주파를 전사하여 영상을 획득한다. MRI는 CT보다 검사비가 비싸며, 검사시간이 조금 더 걸릴 수 있다.

가끔, 무슨 사진을 그렇게 많이 찍느냐, 과잉 진료 아니냐며 병원에 불만을 제기하는 환자들도 있는데 MRI나 CT는 부위와 목적에 따라 차이가 있다. 서울대병원 사람들은 하나같이 친절하고 환자 중심으로 진행해주어서 순간순간이 감동이었다. 충격과 정서적 불안감으로 심신이 쇠약해진 환자에게 더할 수 없는 편안함을 주었다.

MRI를 찍을 때는 30분간 엎드려 있어야 했다. 다행인 것은 촬영실은 쾌적했고 잔잔한 클래식이 흘러나와 마음이 느긋해졌다. 마이크로 차근차근 지시를 해주어서 그대로 따르기만 하면 됐다. 30분간의 묵상 참회 시간이라고 생각했다.

문득 가톨릭 사제 서품을 받을 때의 부복(俯伏) 의식이 떠올랐다. 사제서품식이 개최된 가운데 가장 감동적인 장면이었다.

✤

서품식에서는 새로운 신부들이 땅바닥에 배를 댄 채 엎드려 이 세상 사람으로는 죽고, 성직자로 거듭났음을 상징하는 부복을 통해 가장 낮은 곳에서 가장 겸손한 이로 살아갈 것을 다짐한다. 세상에서 죽고 하느님께 봉사하겠다는 약속, 간절한 청원을 최고로 정중하게 표현하는 동작이다. 사제서품식에서의 그러한 부복 의식을 보면 언제나 가슴이 뭉클해졌었다.

지금 내가 꼭 그러한 마음인 게다. 30분이라는 시간을 가장 겸손하고 낮은 자세로 자신을 성찰하라는 뜻으로 받아들였다. 묵상하고 참회한다. 이 고난의 시간이 끝나고 나에게 다시 새로운 기회가 주어진다면, 더 열심히 더 겸손하게 살게 하시라 청원을 한다.

눈물 한 방울, 또르르 굴러떨어진다.
움직일 수 없는 몸이므로 닦을 수도 없는 눈물이었다.

눈물이 말라붙을 때까지, 그렇게 부복하고 있었다. 진정으로 참회하라 만들어 주신 뜻깊은 자리였다.

굴기하심 屈起河心

상처에 물 닿을까 봐
깊숙이 몸을 낮추어
얼굴을 씻는다.

고개를 숙이면
진리가 보인다.

병들어 아프고서야
마음을 내려놓는
어리석음을 본다.

병실이거나
호텔이거나

나의 가장 큰 장점은 언제 어디서나 스스로 최고로 좋은 환경을 만든다는 것이다. 사사건건 나에게 유리한 쪽으로 해석하고, 나는 매우 럭키하다고 생각한다.

그런데 어쩐 일인지 서울대학교병원 유방센터에 입원하면서 3인실을 신청했는데, 5인실에 배정됐다. 그것도 바로 문 옆이어서 썩 유쾌하지는 않았다. 환자가 수술을 앞에 두고 입원하면 심정적으로 불안하고 심란해져 있는 터라 사사건건이 트집거리였다. 타 병원 같으면, 입원 도중에도 마음에 드는 침상이 비면 '찜'한 사람이 옮겨가기도 하는데, 이곳에서는 애초부터 침상을 옮기지 말라고 강조했다. 입원 기간 누가 어떤 질환으로 어디에서 치료를 받고 있다는 정보가 입력된 만큼 자주 옮기는 것이 진료에 방해될 것 같기에 그 점만은 병원의 방침에 고개를 끄덕였다.

제일 좋은 병상은 역시 창문 옆이다. 일단 창문을 확보할 수 있으니 시야도 넓고, 창을 여닫을 수 있는 권리도 보장된다. 창틀 옆 공간도 개인적으로 활용할 수 있다. 보호자 침대도 벽 쪽으로 붙이면 되니 떨어질 염려가 없어 웬만큼은 안심이다. 제일 불편한 곳은 수도꼭지가 있는 곳이나, 화장실 옆, 출입문 가까이에 있는 5번 침상이다.

내 침상으로 그 5번이 배정되어서 은근 신경이 쓰였다. 바로 옆이 화장실이어서 사람들이 수시로 드나들었다. 병실 자체를 옮길까 했는데 간호사는 3인실이라고 해서 개인의 공간이 넓은 것은 아니라고 했다. 5인실을 반절로 쪼갠 상태여서 크게 불편하지 않으면 5인실을 사용하는 것도 나쁘지 않다고 덧붙였다.

5인실에 누워 보니, 5개의 침상을 구분하는 커튼의 구획이 조금씩 차이가 있었다. 제일 넓은 곳은 역시 창문 옆이다. 하지만 창틀을 제외하면 침상이 차지하는 공간은 다른 곳과 큰 차이가 없었다. 어쩌다가 내가 자리한 곳의 공간이 유독 넓다는 것을 발견했다. 5개의 침상 중 내가 있는 5번 공간이 제일 넓었다. 게다가 화장실이 바로 옆에 있어서 나처럼 자주 화장실을 들락거리는 사람에게는 오히려 덕으로 작용했다.

아, 이렇게 '럭키'할 수가!

며칠간 머물 공간이니 일단 정을 붙이는 게 필요했다. TV를 습관적으로 켜 두는 것을 정말 싫어하는데, 우리 병실에서는 다행히 TV를 보지 않았다. 커튼을 치고 있으면 그런대로 독립된 공간이다. 침대도 깨끗하고 병실도 쾌적하고, 시간 되면 밥이 나오고, 다른 환자들이 간식거리도 챙겨줘서 크게 불편함이 없었다.

그냥 호텔에 머무는 것으로 셈하기로 했다. 입원할 때는 세상과 격리된 병실이라고 생각했으나, 생각을 바꾸니 병실이 아니라 호텔이다. 근사한 SNUH(Seoul National University Hospital) 호텔이었다.

진동

3304호 5인실 병동에
환자 다섯, 보호자 다섯
10명의 휴대전화가 일제히 울린다.
드드드 다다다
저마다 궁금한 내용, 보고할 사연 많기에
드드드드 다다다다
바쁘게 울린다.

증세와
수술날짜와
경과와
예후와
안타까움과
위로와
희비가 교차하는 전파

세상에서 이곳 소식을 타전 받기를
간절히 원하기에
드드드드드 다다다다다
쉬지 않고 전송 중인
여기는 3304 내무반

타임아웃

2015년 4월 17일, 수술시간이 예정보다 일찍 앞당겨진 탓에 외부에서 아침 식사 중이던 남편도 못 보고, 옆 침대를 쓰는 환자의 배웅을 받으며 환자 이송카에 올랐다. 그녀와 눈이 마주치면 눈물이 쏟아질 것 같아 일부러 눈길을 외면한 어색한 순간도 잠시였다. 맨정신으로 복도의 형광등을 바라보면서 입원실에서 수술실로 이동하는 구간은 참으로 길고 낯설었다.

지하로 이어진 통로를 따라 본관 수술실로 가는 길은 드라마 속의 한 장면처럼 형광등이 머리 위로 쓱쓱 지나쳐 갔다. 커피 냄새가 나는 곳은 어린이 병동 카페가 있는 지하였고, 약간의 비린내가 코끝을 자극한 곳은 아마도 지하식당 초밥집 앞이었을 게다. 환자 이송카에 실려 오르락내리락하며 수술실에 도착해서 대기하고 있을 때였다. 정면에 이왈종 작가의 '제주생활의 중도中道'라는 작품이 눈에 들어왔다. 돌담을 거느린 ㄱ자형의 집이다. 감나무인지 동백꽃인지 커다란 나무가 집을 지키고, 뒤란 장독대에 크고 작은 옹기들이 나란히 줄지어 있다. '장독 사이로 민들레며 키 작은 채송화들이 피어나겠지. 맞아, 내가 원하던 집도 바로 이런 구도였지. 앞마당에는 상추와 쪽파가 푸르고 꽃도 몇 송이는 있을 텐데……. 거봐! 수선화가 피어 있잖아. 그래 바로 이런 집을 갖고 싶었던 거야.'

삭막한 수술실에서 느닷없는 그림 감상이 실로 편안하고 아런했다. 환자의 이런 심리 상태를 의도했다면 나의 경우엔 적확하게 맞아떨어진 셈이다.

그 사이 내 옆으로 대기하던 할아버지가 수술실로 갔고, 그다음에는 어떤 할머니가 불안한 표정으로 누워있는데 눈꼬리가 살짝 젖어있었다. 저분도 나처럼 만감이 교차하는 순간일 거다. 손이라도 잡아주고 싶지만 거리가 멀었다. 마음으로, 눈빛으로 도닥이며 위로를 보냈다.

'너무 걱정하지 마세요. 안에서는 최고의 의료진이 수술을 준비하고 있고 밖에서는 사랑하는 가족과 지인들이 정성스럽게 기도를 드리고 있어요. 많은 사람이 당신의 쾌유를 빌고 있습니다. 불안해하지 마세요. 다 잘될 겁니다.'

대기 시간이 길어지면서 간호사가 추우냐고 물어오기에 그렇다고 했더니 열처리된 시트를 덮어준다. 따뜻한 시트 덕분에 마음이 한결 평안해졌다.

지난 50여 년을 되돌아보니 뭐 그럭저럭 열심히, 재밌게 살았던 것 같았다. 나보다 일찍 이런 시련을 겪은 분들에 비해 두 아들도 어느 정도 앞가림할 정도로 자랐고, 남편도 잘 헤쳐나갈 것이라는 생각이 들기도 했다. 단지 아직껏 딸의 뒷바라지로 손자를 돌보아 오신 노모에게 나의 병치레가 미치게 될 불효 때문에 가슴이 아팠다. 죄송하고 송구했다. 이즈음에서 살짝 눈물이 흘렀던가…….

마침내 내 이름이 불리었다.

수술실의 시계는 오전 8시 45분을 가리키고 있다. 스태프가 타임아웃을 선언했다.

내가 회복실에서 정신을 차리고 다시 시간을 물어봤을 때 오전 11시 45분경이라고 했다.

기도

이 고통이
어서 지나가기를

그리고
다시 겪지 않기를

✳

Black out

수술실 가는 날,
희부윰한 형광등 불빛이
길을 밝힌다.
천국으로 가는 길도 저러하리니…….

숫자를 10까지 세고도
잠 못 들면 어떡하나.
잠들고 깨어나지 못하면
그건 또 어떡하지?

혼자서 생사정리 급박한 수술실 침대
점점 마비되어 가는 의식
생각이 멈춘 정지 지점에서
정작 숫자 10까지도 세지 못한,
나는 못난이

08:45 ~ 11:45
내 기억에서
영원히 사라진 세 시간

통증, 살아있다는 증거

　세 시간 만에 현실로 돌아왔다. 내 뇌리에서 지워진 세 시간! 꿈조차 꿀 수 없는 아뜩한 그 순간들이 어쩌면 나다운 나로서 거듭나는 시간이었는지도 모른다. 잠시 잠들었다가 깨어난 세상은 오직 새롭고 은혜롭기만 하였다. 내가 살아있다는 사실을 입증하는 통증조차 고마웠다.

　암이 나에게 많은 이야기를 남겨 주었다.

　암은 감사를 발견하게 하는 매개물이었다. 살아있음에 대한 감사, 주위의 인연들에 대한 감사, 고통 뒤에 오는 것들에 대한 넘쳐나는 감사의 과정을 부여했다. 내가 누구인지를 돌아보게 하였고, 숨 가쁘기만 하던 내 인생의 고비에서 잠시 멈추어 서서 숨 고르기를 할 수 있게 해주었다.

　암은 성찰을 통해 스스로 성숙하라 이른다.
　마음의 문을 활짝 열고 세상을 둘러보라 한다.
　나의 눈길과 손길, 발길이 어디를 향해야 할지도 알려준다.

　어떤 사람은 암 투병기를 들려주며 '암은 행운'이라고까지 말하던데, 나도 이제는 조금쯤 그 속내를 알 수 있을 것 같다. 암 덩어리가 빠져나간 만큼의 자리에, 꼭 그만큼으로 철이 들어선 덕분이리라.

이제부터 암은 내 인생의 일부다.

항암과 방사선 치료 등 남은 과정이 어찌 녹록하기만 할까. 남들은 암과 잘 싸우라고 격려들을 하지만, 애초에 무슨 시비가 붙거나 싸우는 일에 주눅부터 들고 마는 내가 아닌가.

아무래도 나는 암과도 싸우지는 못할 것 같다. 다만 그와 더불어 조신하게 나를 다독이며 이생에서의 남은 삶을 다시 시작할 것이다. 암 또한 나의 일부이니까. 혹은 개의치 않고, 여태 그러했던 것처럼 잘 먹고 잘 놀고 열심히 일하면서 유쾌하고 즐겁게 살아갈 것이다. 그리하여 이생에서의 내 삶이 다할 때까지 두루두루 '좋은 일'하면서 천연하게 살아내고 싶다. 꼭 그렇게 될 것이다.

첫 경험

팔뚝에서
주삿바늘을 뺐다.
두 손으로 물을 받아
두 손으로 얼굴을
뽀드득뽀드득 씻는
이 경이로움을 아는가

어려운 부탁 I

저기요…….
수건 좀
짜 주실래요?

✳

사물함

입원실 사물함에
지갑을 넣고
옷을 넣고
가방을 넣는다.

네 자리 비밀번호를 애써 외우고
열리지 않을까 여러 번 시험해본다.
그때마다 찰칵찰칵
제 속을 다 보여주는 사물함

문득
생각 하나가 머문다.

맨몸으로 와서
맨몸으로 갈 건데
굳이 저기에
숨겨둘 비밀이 무엔가.

재발견

세수, 세수, 세수하고
이빨, 이빨, 이빨 닦고
머리, 머리, 머리 빗고
환의患衣를 갈아입는다.
나,
참……
예쁘다.

19禁?

속옷은요
손가락으로 쓱 내렸다가
훅 끌어 올릴 만큼
딱 그만큼 탄력 있는 게 좋아요.

널따란 밴딩은 NO!
절`대`금`지
때론 노팬티가 좋아요.

링거를 꽂고 화장실을 다녀야 하는 환자들은 팬티 끈이 단단할수록
한 손으로 해결하기가 어렵습니다. 쉽게 잘 벗겨지는 팬티가 필요하
지요.

어려운 부탁 2

저……
옆 침대 보호자님,
저……
손수건으로
제 목 좀
감싸주세요.

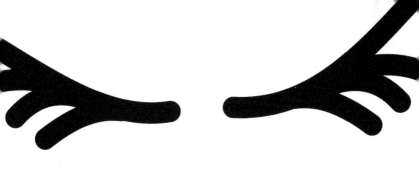

불면

수술 앞둔 건너편 환자
깊은 한숨으로
뒤척이며 잠 못 드는 밤
그 덕에 밤새 잠 설친 나
잠들 수 없어서
두통약에 의지해
밤을 재운다.

이별

무엇이
불만인지
물어보기도 전에

내 몸에서 떨어져 나간
너

고마운 이별이다.

암은 어디로?

얼마만 한
암덩이를
떼냈다는데도
몸무게는
줄지 않았다.

암덩이는 어디로 간 걸까?

일상

매일
뭘 입을까?
하루 세끼 뭘 먹을까?
고민하지 않아도 되는
하루하루

✳

이룰 수 없는 약속

외국여행 함께 다녀온 일행
다시 만나자는 약속
이 멤버 이대로
다음 여행 기약하자는 약속
절대 이뤄지지 않듯이

큰 수술 함께 치른
입원실의 환자들
다시 만나자는 말은

'우리' '언제' '한번' '밥 먹자'는 말처럼
이뤄지지 않을 약속

창문 대여

옆 침대 환자 잠시 자리 비운 사이
내 침대 커튼을 젖히고
옆 침대 커튼 젖히니
그대로 햇살이 내게로 온다.

잠시,
이웃 침대 창문을 빌려 쓴다.

맑은 햇살 한 줄기가
몹시 고픈 날이었다.

비밀은 없다

커튼을 드리우고 있지만
나는 알아요.
오늘 반찬이 무엇인지
알 수 있어요.
커튼 안에
참 많은 사연이 있겠지만
지금은 누가 무얼 먹는지
다 알아요.
나랑 똑같은 반찬

회진

일동 차렷!
경건하게 맞이하는
의사 선생님

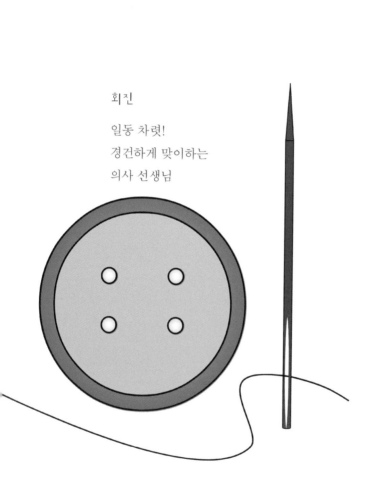

✳

무당벌레 한 마리

전주에서 데리고 온
빨간 목베개

목도 받쳐주고
팔도 되어주고
무릎도 괴어주는
효자 노릇 톡톡한 아이

그 아이가 **무당벌레**였다는 걸
퇴원 무렵 알았네

❋

남편 성토대회

아들 둘 키운다는
4번 침대 환자. 큰아들 남편은 병문안 와서도
아내 안부 건너뛰고
먹을 것 없나 냉장고부터 뒤진다지.

3번 침대 환자 말 받아서
아이고, 우리 집 큰아들 남편은요,
병간호 이틀째 온몸이 뻐근하다 하소연하며
고통스럽다고 몸부림친답니다.

2번 침대 환자 이에 질세라
말도 마소, 우리 집 큰아들 남편은요,
입원 전날까지 반찬 타령만 합디다.

암 수술한 아내들은
통증도 참아가며 버티고 있는데
이 아내들의 영원한 큰아들, 남편들은
여전히 철부지인가 봐요. 잉!

※

당황

두유를 먹으려고
비닐을 벗겼는데
뚜껑을 열 수가 없네.
아차, 환자인 걸 깜빡했네.

悲哀

"당기시오"

어떡하지요.
당길 수가 없는데

질량 보존의 법칙

수술 전과 수술 후
몸무게는 그대로인데
내 몸에서 떨어져 나간
살점
어디 가고 없나?

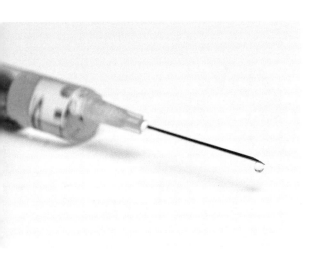

링거

하얀 눈물이 또르르 굴러
그 눈물 앞세우고
나보다 잰걸음으로
먼저 가는 스탠드

✳

서열

적응과 순응이 빚은 세월의 더께
입원한 날 수가 길어질수록
늘어가는 환자의 위엄

퇴원을 앞두고 여유로움을 즐기는
어느 날 오후

이제 막 캐리어를 끌고 입장한
1번 침대 아줌마의
깊은 한숨 그 의미를 알 수 있을 것 같다.

지금이 제일 불안하고 두려울 때라고,
오만가지 생각이 교차하는 복잡한 심경일 거라고,
하지만 지금이라도 발견하게 되어 행운이라고,
맘 편하게 믿고 의사 선생님에게 맡기라고.

누구나 외웠음 직한 위로의 말.
신기하게도 백발백중하는 이곳의 법리

아,
일찍 맞은 매가 왜 이리 달콤한지
입원실에서 여유를 누리는 고참 환자의 한 때

비밀

있잖아……
비밀 하나 알려줄까?

나……

보름 만에 샤워했다.

수 술 후 첫 샤 워

오
르
가
슴
과
다
름
없
음

새 출발

쥐엄, 쥐엄, 쥐엄, 쥐엄.
가위바위보
다시 보 바위 가위
아이처럼 손짓을 한다.
나이 오십에
새로이 시작하는 인생이다.

아이가 태어나서 맨 먼저 가르치는 운동이 잼 잼 잼 같은 손 운동이
지요. 유방암 수술 후 회복을 위해 주먹을 쥐었다 펴는 동작, 가위바
위보 등의 손가락 운동을 실시합니다.

2

대머리 戀歌

삭발

휴직하고 8차례의 항암을 시작했다. 친절한 종양내과 담당 교수는 첫 진료에서 "이번 항암은 반드시 머리가 빠진다"고 여러 번 강조했다. 많은 환자가 항암을 시작하면서 머리가 빠지는지 수없이 질문했을 것이고, 외모의 변화에서 오는 상실감을 표현했을 것이다. 종양내과 담당의는 마음의 준비를 하라는 듯, 탈모의 당연성부터 강조했다.

암과 맞서서 생사의 계곡을 여러 번 넘나들던 암 환자에게 까짓 탈모쯤이 뭐 대수이랴 싶겠지만, 그래도 여성들 입장에서 대머리는 유방암 절제에 이어 두 번째로 겪는 신체적 정신적 고통이 아닐 수 없다.

나보다 앞서 유방암 수술을 했던 후배에게 "굳이 머리를 밀어야 하느냐?"고 물었더니 "항암 후 머리카락이 뭉텅뭉텅 빠져서 머리카락이 온통 집안을 어지럽힌다"라고 설명해 주던 일이 생각났다. 머리를 빗을 때마다 한 움큼씩 빠져 달아나는 것도, 집안 구석구석을 머리카락이 굴러다니는 것도 난감할 일일 것만 같았다. 아닌 게 아니라, 1차 항암 후 부작용이 찾아왔다. 구토와 어지럼증 때문에 집에서 널브러져 있는 걸 선배가 발견하여 병원에 입원을 시켜줬다.

병원 가는 길에 삭발을 단행했다.

후유증이 너무 심해서 머리카락이 잘려나가는 것에 대한 아쉬움이나 미련 같은 감상 따위를 아랑곳할 여유도 없었다. 오히려 병원 생활을 하면서 머리를 감고 말리는 일이 보통 작업이 아니었으므로 아예 산뜻하게 밀어버린 것이 제격이지 싶을 정도였다.

그렇게 시작한 대머리로의 생활은 제법 편리함이 많았다. 우선 머리를 감고 드라이를 해야 하는 번거로움에서 거뜬히 해방되었다. 특히 주삿바늘을 꽂고 있을 때는 머리도 한 손으로 감아야 하므로 아주 편리했다. 머리를 감을 때도 세수할 때처럼 비누칠을 하고 몇 번 헹구면 그만이었다.

머리카락이 없으니 걸리는 게 없고 한결 정신이 맑고 가벼워진 것 같았다.

수행자들이 삭발하는 이유 가운데 하나일 성싶게도 여겨졌다. 게다가 나에겐 민머리가 제법 어울리기까지 하는 모양이었다. 두상이 예쁘다는 말을 꽤 자주 들었으니까. 더러는 내 어머니께서 내가 어렸을 적에 공들여 빚어준 나의 두상이 제대로 인정을 받고 있는 기분도 맛보았다. 대체로 예술가나 출가한 비구니로 보이는지, 환자에 대한 연민이나 걱정보다는 호의적이거나 호기심 어린 눈초리로 바라봐주는 경우가 비일비재했다. 다행인지 불행인지 모르겠으나…….

대머리

　세상을 살아가면서 인위적으로 머리를 빡빡 밀 기회가 얼마나 될까. 생각해보면 항암 이전까지, 내 머리카락은 나와 함께 50년 이상 긴 머리채였다.

　단발머리였다가 어느 때는 짧은 커트 머리로 다시 파마머리를 반복하며 이미지의 중요한 액센트를 좌우해 왔다. 그렇게 내 머리는 신체 가운데 가장 많은 학대(?)를 받은 부위였는지도 모른다. 머리칼을 한시도 가만 내버려두지 않았으니까.

　머리카락을 자르고 나니 머리카락 속에 감춰진 역사가 드러난다. 오른쪽 이마 위쪽에 생긴 상처 자국은 고등학교 시절, 유리창에 찧고 생긴 훈장이다. 당시 공공건물의 유리창은 미는 형태가 아니라 위에서 젖혀 여닫는 삼각형의 구조였다. 학생들이 자주 모서리에 찧고 상처를 입곤 했다. 문득 그 날의 아픔이 되살아나기도 했다.

　삭발하면서 호사스런 고민도 해보았다. 항암이 끝나고 머리카락이 자라나면 과연 어떤 형태의 헤어스타일을 유지하게 될지 설레기도 했다. 더 나이 들기 전에 다시 기다란 생머리에 도전해 보는 건 어떨까? 아냐, 머리숱이 적으면 생머리가 초라해 보일 수 있으니까 볼륨 있는 파마가 더 낫지 않을까? 아냐, 아냐. 더 젊어 보일 수 있도록 커트도 괜찮을 것 같은데 뭐, 대충 그런 식이었다.

　달덩이처럼 훤한 대머리를 보면서 영화 〈미라〉에서 이모텝
역으로 나오는 아놀드 보슬루란 배우를 떠올렸다. 그 배우보다
나의 두상이 더 '잘 생긴 것' 같아서였을 게다.

예술과 항암

머리를 밀고 나서 맞게 된 사월초파일
남원 실상사 한 스님께서 대뜸 물으셨다.

"예술하는 분입니까?"
"아니요. 항암 하는 중입니다"

스님께서는 무척 미안쩍어하셨으나,
생각해보니 예술하기도 항암처럼 고통스럽고,
항암과정을 거치면 예술처럼 아름답게
인생을 꽃피울 수도 있으려니
예술이나 항암이나 '도긴개긴'일 것도 같다.

지리산 신록이 아름답던 그 날,
스님께서 올해 첫 매화라며 내어주신 매화차가 참 향기로웠다.

이 말을 들으신 도법스님께서
"그러게, 머리를 밀려면 우리 허락을 받아야지"라고 말씀하셔서
오랜만에 실컷 웃어볼 수도 있었다.

그 후로 나는
항암하는 예술인이 되기로 했다.

머리카락의 공덕

항암을 하면서 '머리카락'이 빠진다는 것은, 머리카락을 비롯한 온몸의 털이 다 사라진다는 것과 같은 의미라는 것을 자주 간과한다. 머리카락에만 집중했더니 어느새 눈썹, 속눈썹도 다 빠지고 없었다. 제법 속눈썹이 길다는 칭찬을 들었던지라 머리칼이 빠질 때보다 속눈썹이 없어진 걸 발견했을 때 더 속이 상했다.

대머리는 모자나 두건 등으로 가릴 수 있지만, 그 밖의 털이 빠짐으로써 불편한 국면이 한둘이 아니었다. 머리카락과 눈썹이 없으니 한여름의 땀을 주체할 수가 없었다. 예를 들자면 땀이 날 때 머리카락, 눈썹, 속눈썹 등을 거치며 한 번씩 걸러 주는데, 그 여과장치가 없고 보니 땀이 얼굴 위로 무차별로 쏟아져 내리는 거였다. 어찌나 땀이 거침이 없는지 도무지 운전할 수가 없을 정도였다. 나중에는 머리에 수건을 둘러쓰고 살았다.

코털의 경우도 별반 다르지 않았다. 코털은 외부에서 들어오는 먼지를 걸러주고 콧물도 막아주었는데, 코털이 없고 보니 아무런 경계경보 없이 자주 콧물이 주룩주룩했다. 먼지를 걸러내지 못하니 도시 코딱지가 생길 틈도 없었다.

50여 년 동안 한 번도 느껴보지 못한 터럭들의 큰 역할들을 새삼 가늠하지 않을 수가 없었다.

눈썹이 올라온 날

항암이 끝나고 눈썹이 올라왔다.
정말 기뻤다.
코털도 그렇게 반가울 수가 없었다.
고마운 털들이던 것이다.
털끝 하나라도 무시하면 안 된다는 철리를 늘 명심

오른팔 사용 금지

오른팔 림프절에도 암이 전이되어 수술 당시 '오른팔 사용 금지' 팻말이 붙어있었다. 그 후로 오른팔 사용이 힘들어졌다. 수술 부위도 뻐근하고 자유롭지 않아서 자유롭게 쓸 수가 없었다.

혈액 검사를 비롯하여 모든 활동이 왼팔 중심으로 이동했다. 50년간 써왔던 오른팔의 존재감이 과장되는 순간이기도 했다. 세탁기에서 빨랫감을 꺼낼 때 때 무심코 오른팔을 집어넣었다가 닿지 않아서 빨래 위를 휘저었을 때 무차별 상실감에 휘둘렸다.

얼핏 이러다가 사람 구실 제대로 못 하는 게 아닌가 싶은 불안감도 엄습했다. 병마개를 딸 수가 없고 캔 뚜껑 하나 열 수도 없었다.

자연스럽게 일상의 모든 무게 중심이 가차 없이 왼팔 편향으로 기울었다. 좌편향이 오히려 자연스런 지경으로였다.

깜짝 놀랄 일

암 환자가 되고 나서 참 신기한 경험을 했다. 처음으로 온종일, 해의 흔적을 좇고 있었다. 시간이 벽에 고정되고 있다는 느낌이랄까? 아침에 눈을 뜨면 참한 햇살이 동쪽 하늘에 얌전하게 걸쳐 있다가 아주 천천히 유영遊泳*을 한다. 느릿느릿 벽을 타고 흐른다.

그쯤에서 눈을 맞춘 햇살이 오후 늦게까지 나의 창문에 머문다. 동쪽 벽의 커튼 자락에서 출발하여 정오쯤엔 격자무늬 창틀에 걸쳐 있다가 서쪽 벽의 달력에 한참 머무른 후, 해거름녘에는 이윽고 붙박이 옷장 속으로 숨어드는 것이다.

항암 치료에 전념하라는 회사 측의 배려에 힘입어 느긋하게 맘 편히 쉬면서 즐겼다. 여느 직장이나 마찬가지이겠지만 사람 하나가 쑥 빠지면 부서의 일에 공백이 생기게 마련일 것이다. 매일 제작해야 하는 방송의 특성상 누군가 내가 해야 할 일을 맡아주지 않으면 절대로 맘 놓고 쉴 수도 없었는데, 이번만은 동료들 후원의 흔쾌함으로 마음의 짐을 아예 내려놓게 되었다.

손에서 일이 떠나고 소위 요양생활에 접어들면서 바쁘게 출근해서 종일 스튜디오에서 편집하거나 녹음을 하다가 종종거리며 퇴근하던 나날과는 판이한, 시간 겪음의 양면성에 깜짝 놀란다. 째깍거리는 시계의 초침소리와 돌돌 돌아가는 선풍기의 기계음이 이중주를 켜는 어둑해진 방에 불을 밝히면서 나는 나지

막이 중얼거린다. "아, 하루가 참으로 길구나!"
　송창식의 노래 한 곡을 떠올린다.

　　아침이 밝는구나 언제나 그렇지만
　　오늘도 재 너머에 낟 알갱이 주우러 나가 봐야지
　　아침이 밝는구나
　　바람이 부는구나 언제나 그렇지만
　　오늘도 허수아비 폼을 내며 깡통 소리 울려 대겠지
　　-중략-
　　희망은 새롭구나
　　이제는 졸립구나 언제나 그렇지만
　　마누라 바가지는 자장가로 부르는 사랑의 노래
　　이제는 졸립구나
　　아침이 밝는구나 바람이 부는구나
　　햇볕이 따갑구나 희망은 새롭구나, 이제는 졸립구나
　　　　　　　　　　　　　　　　　- '참새의 하루' 가사 중

　아침이 밝고, 바람이 불고, 햇볕은 따갑고 그렇게 하루가 가
고 또다시 밤이 돌아오지만, 그런 속에서 쉼 없이 희망이 줄을
잇는 신기한 사실을 이 노래를 통해 다시금 확인한다. 느리게
흐르는 시간 속에는 지나쳐온 세월에 대한 감사와 고마운 사람
들에 대한 '팩트'를 '클로즈업' 시켜주는 마력이 담겨 있다.

벽에 새겨지는 해의 추이에 따라 지나간 날들의 사연들을 반추하게 하고 그리운 것들을 가슴에 안긴다.

반성이나 원망이나 회한 같은 회색빛보다는 유쾌하고 긍정적인 생각에 집중하라 이른다. 다행인 요소는 흔하지 않을 만큼 낙천적인 나의 성격이다. 덕분에 누가 시키지 않아도 좋은 기억들만이 줄을 이어 수면 위로 솟구친다. 그리운 것들, 좋은 생각들에 매몰되다 보니 감사할 일들이 무궁해지고 그런 속에 은혜로움이 넘쳐난다. 늘 새로운 희망이 솟는다.

개인적으로도 좋아하고 방송에서도 자주 소개했던 그룹이지만 또 하나 '격하게' 공감하는 노래를 흥얼거린다.

니가 깜짝 놀랄만한 얘기를 들려주마
아마 절대로 기쁘게 듣지는 못할 거다
뭐냐하면
나는 별일 없이 산다. 뭐 별다른 걱정 없다
나는 별일 없이 산다. 이렇다 할 고민 없다
-중략-
이번 건 니가 절대로 믿고 싶지가 않을 거다
그것만은 사실이 아니길 엄청 바랄 거다.
하지만

나는 사는 게 재밌다. 하루하루 즐거웁다.
나는 사는 게 재밌다. 매일매일 신난다.
　　　　- 장기하의 '별일 없이 산다' 가사 일부

　누군가 들으면 깜짝 놀랄 일, 두 다리 쭉 뻗고 잠들지 못할 일, 절대로 믿고 싶지 않을 일, 사실이 아니길 바라는 일, 그것은 바로 '별일 없이 사는 것'이다. 바꿔 말해 '별일 없이 사는 것'이 가장 완벽한 삶이 아니겠는가? 그 부분에 실소를 금치 못하면서도 그들의 천재성에 다시 한 번 감탄한다.

　나는 배가 고프면 밥을 먹고 졸리면 잔다. 무료해지면 TV를 켜고 '마음이 즐거워지는' 오락프로그램이나 한 시간 내로 기승전결이 드러나는 미국 드라마를 시청한다. 또다시 '마음이 편해지는' 영화를 찾아보다가 피곤하면 다시 쉰다. '별일 없이 산다'의 후렴구처럼 지금 나는 정말 별일 없이 살고 있다. 사는 게 재밌다.

　매일 매일, 하루하루, 아주 그냥, 이렇게 사는 것도 참 좋다. 이거야말로 병을 발견하기 전에는 상상조차 할 수 없었던 '깜짝 놀랄 일'이 아닌가.

무념무상無念無想 누리기

완치되어 복귀하면
이것저것 해야 할 일,
하고 싶은 일이 기다렸다는 듯 다가들겠지만,
당분간은
창가에 머무르는
긴긴 하루하루와 더불어
(감히) 무념무상無念無想의
지경을 실컷 누리고 싶다.

라이프 스타일

항암을 하는 동안, 나의 생활스케줄은 3주 단위로 짜였다. 항암이 3주 간격으로 실시되었기 때문이다. 항암을 하는 첫 주는 무조건 컨디션 관리에 집중해야 했다. 백혈구 수치를 올리고 마음을 편안하게 유지하는 것이 중요했다. 병원에서 혈액검사를 하는 등 의사가 지시하는 검사들을 하고서 그 결과에 따라 처방이 나오자면 정해진 날짜에 항암을 못하는 경우도 있다.

고맙게도 내 경우 정해진 날짜에 딱딱 맞추어 항암 주사를 맞을 수 있었다. 바꿔 말하면 건강하다는 증거인 거였다(그럼에도 어째서 암에는 걸린 건지?).

항암 주사를 맞은 이튿날은 민첩하게 몸의 변화를 체크해 본다. 몸에서 일어나는 갖가지 부작용은 모두 항암 후유증이라고 봐도 무방했다. 병원에서는 체온 체크를 잘하라고 당부한다. 고열이 제일 무섭다. 무조건 의사가 작성해준 처방전을 가지고 종합병원 응급실로 가야 한다고 강조한다. 아침저녁으로 아들이 체온을 체크하고 컨디션을 살핀다. 어느 때는 설사 때문에 바깥 나들이를 할 수도 없다. 움직이기만 하면 설사가 나와서 운동은 꿈도 못 꾼다. 설사 잡는 약을 먹으면 변비가 심해진다. 하지만 아무리 어찌 돼도 그냥 그러려니 여기며 견디는 수밖에 없다.

항암 첫 주를 잘 넘기면 2주째는 가벼운 일상생활을 할 수 있다. 그 사이 다음 항암을 대비하면서 집안일을 하고 은행업무도 처리한다. 3주차에 큰 이변만 없으면 항암 직전이야말로 가장 컨디션이 좋은 때라고 할 수 있다. 그래프를 작성한다면 항암 직후 1주일은 아래로 내려가고 2주차엔 평균을 유지하고 3주차는 회복이 되어 다시 항암! 그런 식이었다.

　3주에 걸친 여덟 번의 항암으로 그렇게 24주가 훌쩍이었다.
　늦은 봄에 시작하여 늦가을에 이르도록 그런 식으로 1년 중의 한 철이 내 품을 떠난 것이다.

메르스

항암 중에 메르스가 터졌다.
유사 이래 호환 마마보다 무섭다는 메·르·스
나는
수술하고 메르스 사태가 와서 그나마 다행이라고 위안
했는데,
면역력 약한 암 환자, 어떻게 수술했을까?
제때 수술 못 해 병 깊어진 환자 없을까?
발길 뚝 끊긴 병원에서
메르스 때문에 벌벌 떨었다.
암보다 더 무섭던 메르스

운동해요?

　암 환자들에게 제일 필요한 것은 물론 체력 유지와 면역력 증강을 위한 운동이다. 그것은 잘 알려진 일이긴 하지만 암 환자들로서는 마땅한 운동을 찾기가 절대 쉽지 않다.

　각자의 상황에 따른 부작용이 문제인데, 내 경우는 설사가 발목을 잡았다.

　남편(들)은 출근하면서 혹은 집에 있는 아내에게 전화를 걸어 '운동하라'고 당부 또는 압박하지만 혼자 투병하는 아내의 속사정은 별반 녹록지가 않다.

　말로만 운동하라고 윽박지르는 것은 사랑이 아니다.

　오히려 어떤 것이 불편한지 자세히 물어보고 잘 들어주는 것이 정서적 평정심을 회복하는데 더 도움이 되지 않을까 몰라.

삶을 다시, 빚다

항암 기간 중 잠시 직장을 쉬면서 제일 잘했다고 생각되는 것 중 하나는 공방에서 도자기를 빚으며 마음을 채운 일이다. 시간이 남아도니까 독서나 글을 쓰면 좋겠다고 얘기하는 사람도 있지만, 구토나 어지러움 때문에 책을 읽기도 쉽지 않았다. 오히려 큰 사물을 대하는 것이 훨씬 편했다. 한 달에 두어 차례 컨디션이 좋을 때면 도예를 전공한 후배가 운영하는 공방을 찾아 주방 집기를 만들었다. 그렇게 생활 도자기 공방 '하루'에서 또 다른 '하루'로 흐르는 시간이 참 좋았다.

평소에 밀가루 반죽도 해보지 않았는데 밀대로 흙을 밀어보니 무척 재미있었다. 흙덩어리가 나의 손을 거쳐 형상을 갖춰 새로 태어나는 과정도 신기했다. 흙으로 형상을 만든 후, 며칠 후 공구 등으로 거친 면을 다듬는 일이 더 어려웠다. 표면을 고르게 잘 다듬어야 그릇이 예쁘게 만들어지는데, 흙이라서 갈라지거나 깨질 때도 잦았다. 언젠가 접시를 만들 때 흙을 고루 밀어야 하는데 한쪽 면이 지나치게 얇다 싶은 것을 조금 무리해서라도 애써 완성해 보려고 기를 썼다. 기어코 한 면이 부서지기 시작했다.

깨진 접시를 포기할까 하다가 접시 안쪽 면의 연꽃무늬가 너무 아까워서 어떻든지 살려보자 했다.

잘려나간 부분부터 홈을 파기 시작했다. 제법 모양새가 괜찮아지기 시작하여 내친김에 접시 모서리를 일정한 간격으로 파내었다. 접시가 꽃 모양으로 환생 됐다. 버려질 운명에서 도리어 멋진 작품으로 변신한 것이다. 시간과 공력은 두어 배 더 들었지만 파기될 뻔한 접시를 손에 붙들고 어떻게든 살려내려 노력한 보람으로 더욱 정교해진 것이다.

"맞아! 처음부터 제대로 준비해야 실수가 없지."
라는 정석과 더불어
"그래! 포기하지 않으면 무엇이거나 재활의 기회는 있을 거야."
라는 판단까지 얻어서 정말 기뻤다.

미완성이 또 다른 기회를 의미한다는 것과 "포기하지 않으면 희망이 있다"는 교훈이 설득력을 보여주었다.

내가 암환자여서 그런 믿음이 이리 절실한가.
끝내 건져낸 연꽃 접시 세 점은 나에게 또 다른 희망의 단서가 되고도 남았다.

도자기 만드는 즐거움

도자기를 빚으면 흙을 만지는 감촉이 때마다 새로웠다. 어릴 적 미술 숙제를 한답시고 차진 흙이 있다는 곳을 찾아다니던 추억까지 만져진다.

지금은 문방구에서 진흙도 팔지만, 우리는 미술 시간에 직접 흙을 채취해서 가져가야 했었다.

어느 친구가 좋은 흙을 발견했다기에 주말에 그 친구를 따라 제법 깊은 산 속에 들었다가 길을 잃은 적이 있었다. 심마니도 아닌 터수로 수업용 진흙을 찾아서 산 속을 헤매던 사연이니 지금 아이들이야 어찌 상상만이라도 가능할 일일까.

고생한 덕분에 친구의 말대로 하얀색 찰흙을 잔뜩 짊어지고 집으로 돌아갈 때의 심정은 산삼을 얻어서 금의환향하는 심마니와 별반 다르지 않았었다. 그런만큼 그때의 찰흙은 나에게 참으로 소중했으니까.

찰흙을 뒤뜰에 쌓아놓고 온갖 잡동사니를 만들어서 소꿉장난 하던 어린 시절의 나를 오랜만에 만나보게 되었다. 찰흙으로 꼬막 껍질이나 사금파리 같은 살림살이를 제법 모양을 갖추어 즐비하게 늘어놓았었다. 밥솥도 만들고 밥그릇 국그릇 접시도 뚝딱뚝딱 만들어서 담벼락에 걸친 작은 호박, 장독대에 핀 키 작은 채송화들로 늘 풍성한 식탁 차림을 도모했다. 얼굴이 넓적

한 맨드라미는 어린 나의 식탁을 찾는 제일 반가운 손님이었다. 너그러운 햇살 아래서 그렇게 상 차려놓고 맨드라미와 겸상하며 오순도순 먹는 한 끼의 밥상! 진정 푸지면서 맛좋은 식사였다.

그런 추억들을 버무려 매만지며 흙과 놀다 보면 평범한 흙이 컵이나 접시, 대접 등으로 새로이 태어났다. 초보의 솜씨니까 당연히 울퉁불퉁하고 부족함이 많지만, 세상에 단 하나밖에 없는 그릇이어서 자랑스러웠다. 손닿는 지인들에게 접시 한 점씩을 선물하는 즐거움도 누릴 수 있었다.

그릇의 품질 여하를 떠나서 전하는 내 마음을 높이 사준 지인들이 더없이 좋아지기도 했다.

집에서 식탁을 차릴 때도 내가 만든 도자기가 중요한 역할을 했다. 무김치나 포기김치를 올려도 우선 맛있어 보이고, 김치를 종지에 담아놓아도 아주 정갈해 보였다. 각종 장류도 고급스러움을 뽐냈다. 그야말로 육·해·공 어떤 소재든 팍팍 맛깔스러운 느낌으로 수납해주었다.

콩나물국을 끓여내면서, 다진 깨와 파, 양파를 각각 그릇에 담아 스타치스 꽃과 함께 플레이팅 했더니 가족들이 "콩나물국이라도 격이 다르다"며 아주 맛있게 먹어 주었다. 가지런하게 자기에 담긴 콩나물 국 정식(?) 상차림을 SNS에 공개했더니,

❋

"자기가 예쁘다" "그릇이 멋있다" "밥맛이 절로 나겠다"라는 댓글이 쏟아졌다.

"저도 밥 주세요"라는 댓글도 재미있었다. 밥그릇과 국그릇만 있으면 웬만한 손님상을 차려 낼 정도가 될 듯싶어 남편과 나, 두 아들을 포함하여 언젠가 상차림에 함께 할 미래의 며느리까지 염두에 두고 똑같은 자기 한 세트로 8개를 빚기로 했다. 공방에 모인 사람들이 "막내아들이 고등학생인데, 언제 며느리를 보시겠느냐"며 한바탕 웃음 잔치가 벌여지기도 했다. 눈썰미 매운 며느리는 그릇 뒤까지 뒤집어보며 꼼꼼하게 살피겠지 싶어서, 아직 없는 며느리에게 흠 잡히지 않으려고 뒷면까지 꼼꼼하게 손질하는 내 모습이 기특했다.

언젠가는 내가 상상하는 온 가족이 둘러앉을 식탁에 내가 만든 그릇으로 밥도 담고 국도 담고 사랑도 담아서 차려질 작품들을 그려본다.

미리부터 가슴이 벅차오르고 뭉클해진다. 음식 솜씨는 별로일지 몰라도 동서양 음식을 가리지 않고 고이 담아내는 도자기의 넓은 포용력을 믿고 속 깊은 사랑을 알음알음 차려낼 수 있으리라.

대접하고픈 마음

정갈하고 다정스런 한 끼의 밥,
마음 다해 대접하고픈 그 순간을 위해
나는
오늘도 그릇을 빚는다.

내 살림의 묘책

집에 있다 보니 비로소 살림이 보인다. 두 아들을 키워주고 살림해 주신 친정어머니의 고마움을 얼마든지 강조해도 좋을 것 같다. 무조건 고맙다. 하지만 그 고마움의 이면엔 때로 주부로서 포기해야 했던 부분도 있었기에 나로서는 전혀 할 말이 없지는 않았었다.

"시어머니가 식기 세척기에 검은 비닐을 쑤셔 박아서 값비싼 식기 세척기가 비닐 수거함으로 전락했다"는 후배의 얘기가 단지 남의 얘기만은 아니었다. 우리 집에도 검정 비닐의 횡포가 습격을 해왔었다. 어머니의 살림으로 가득 찬 공간을 보면서 '아, 이 집은 내 집이 아니었구나'하는 생각이 들었다. 결혼 이후 처음으로 '내 살림'을 해 보자고 팔을 걷어붙였다.

식사 준비를 하던 남편이 "우리 집 부엌은 음식을 만드는 곳이 아니라, 설거지를 위한 공간"이라고 하던 말이 생각났다. 먼저 부엌을 대대적으로 바꾸고 (어머니가 아닌) 나와 남편, 아들이 편하게 사용할 수 있도록 공간을 재배치했다. 평균 신장 180㎝가 넘는 남편과 아들을 위해 조리하기 쉽도록 설계한 아일랜드 식탁을 들이고, 필요 없는 묵은 살림을 집어내서 공간을 넓혀나갔다. 어머니의 눈치를 피할 수는 없었으나 내가 암 환자라는 걸 내세워 이모와 삼촌이 어머니를 설득했고 가족들 모두가 나의 편을 들어주었다.

내가 암에 걸리지 않았더라면 어머니가 모아 둔 묵은 짐들을 절대로 처분하지 못했을 것이다.

김치 냄새 밴 플라스틱 통, 냉장고에 켜켜이 쌓인 돌덩이 같은 해묵은 떡 종류의 덩어리들, 유통기간 연도를 알 수 없는 냉동식품들, 아깝다고 고이 접어 모아둔 검정 비닐들의 습격에 제법 반격을 가하고 보니 조금씩 숨을 쉴 수 있는 공간이 늘어갔다.

이제부터는 어머니의 힘을 빌지 말고 우리 살림살이의 제 국면을 우리끼리 감당해야 할 단계임을 깨닫게 되었다. 24시간 집에서 시간을 보내 본 나로서는 어머니께 고향 집에 가서 지내시라 권해드릴 수밖에 없었다. 어머니는 암에 걸린 딸을 두고 갈 수 있겠느냐 안타까워하셨지만, 내게는 내 휴식공간에서의 더욱 온전한 자유로움이 더 필요할 것 같았다.

그와 같은 이유로, 시어머니나 친정어머니의 도움을 받고 직장 생활을 하는 여성들이 투병하게 되었을 때, 과연 어떤 도움이 필요한지에 대한 의견이 분분하다.

헌신적으로 보살펴주는 존재가 있으면 두말할 나위 없이 든든한 일이겠지만, 시어머니건 친정어머니건 때때로의 충돌은 피할 수가 없다는 것이다.

✳

"친정어머니나 시어머니가 집에 계시면 몸은 편하지만, 마음이 불편하고, 안 계시면 몸은 불편하지만, 마음은 편하다"라는 게 후배들의 이구동성이다.

또한, 아무 기동을 못 하는 중병만 아니라면, 잠시 떨어져 지내는 것도 환자에게 도움이 된다는 얘기가 지배적이다. 어떤 것이 좋을지는 환자에게 물어보고 그의 의견을 존중해주는 것이 좋을 것 같다.

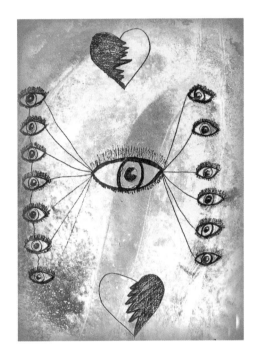

거리 두기

한 치의 거리도 없는
24시간의 밀착 투시보다는
더러더러 지나치다 가끔 마주하는 것이
오히려
서로에게 소중한 존재감과
그리움을 쌓이게 한다

정리, 그 하염없는 것들

여름이 지나갈 무렵, 방마다 선풍기가 거추장스럽게 널려있기에 선풍기를 정리하려고 했더니 넣어둘 공간이 없다. 이 큰 집에서 선풍기 둘 곳이 없다는 게 말이나 되느냐고 반문하며 다용도실을 치우기로 했다.

가장 공간을 많이 차지하는 대형 대야 세트는 일 년에 한두 번 쓰이기에 앞 베란다로 보내고, 쇼핑백은 아름다운 가게에서 필요하다는 얘길 들었기에 무분별하게 처박아 둔 쇼핑백을 정리해서 쓸 만큼 남겨두고 그곳으로 시집을 보냈다. 놀랍게도 비닐 보관으로 가득 찼던 다용도실이 널찍하게 틈을 내주어서 선풍기들을 차곡차곡 쟁였다.

이 말을 들은 친정엄마 왈 서슴지 않고 말씀하셨다.

"네가 죽을랑 갑다!"

굳이 놀랄 일도 아니다. 암 걸린 딸을 둔 친정엄마는 딸이 먼저 죽을까 봐 받은 스트레스와 걱정과 불안 근심을 이런 식으로라도 터뜨리지 않을 수 없을 것이다. 그런 정황을 내 모르는 바 아니로되 어차피 이리되고만 상황이니 그냥 "애썼다" 혹은 "네가 몸도 안 좋은데 무리하는 것 같아 마음이 쓰인다" 정도로 표출해 준다면 좀 좋을까.

한편 엄마 말씀대로 '죽을 때 죽더라도 집안 정리는 깨끗하게 해놓고 죽어야 할 텐데' 싶은 생각도 든다.

정리, 그 하염없는 것들.

죽는다 한들 어디 끝이 있으랴마는 싶기도 하지만.

✳

빨래 널기

친정엄마는
햇볕이 잘 들어서 소독이 잘된다는 이유로
빨래를 베란다 앞 화분 걸이에 넌다.
그 방법도 틀린 것은 아니지만
나는 빨래를 집 밖에 너는 것이 너무 싫다.
그 때문에 감정의 골을 판 적도 있다.

친정엄마는 빨래걸이 세 칸을 걸쳐 빨래를 넌다.
나는 두 칸에 걸쳐 수건을 나란하게 널고 빨래걸이를
베란다에 세로로 둔다.

햇볕이 공평하게 들어오고 베란다에서 봤을 때
빨래가 시야를 가리지 않아서 좋다.
빨래를 탈탈 털어서
착착 걸칠 때 속 시원해서도 좋다.

설거지

친정엄마는 세제와 물을 아낀다는 이유로 어떤 그릇은 물로 대충 헹구어 낸다.

생선 냄새와 김치 냄새는 내가 제일 싫어하는 부류다. 비위가 약한 암 환자에겐 역한 냄새도 고문이다. 어떤 그릇은 생선 냄새가 남고 어떤 용기는 김치 냄새가 배어 있다.

특히 뚜껑 달린 그릇을 잘 말리지 않은 채 뚜껑을 닫아버리면 그 안에서 세균이 번식할 수 있다. "그릇을 잘 말려야 한다"라고 여러 번 얘기하지만, 어머니는 말리지 않은 채 이내 뚜껑을 닫아버린다. 그릇을 꺼내어 뚜껑을 열 때 냄새가 나면 십중팔구 그런 갈무리 탓이다.

엄마가 안 계시면 나는 그릇을 죄다 꺼내어서 뜨거운 물에 담고 적당량의 세제와 식초 등으로 빠득빠득 씻고 바싹 건조시켜 놓는다. 그럴 때마다 속이 시원해진다. 엄마를 무시해서가 아니라, 그렇게 해야 내 마음이 편하다. 그 점을 인정해주셨으면 좋겠다.

나와 같은 처지에 있는 사람이 많다는 걸 나중에 알았다.

평생 처음 해본 갑질

모든 일상에 우선순위는 암.
암이 갑이다.

암 걸린 나,

그해
제대로 갑질 한번 해 봤다.

투병을 위해 휴식을

집안일은 암 환자에게 떼어 낼 수 없는 과제다. 눈에 보이는 것에 나서지 않을 수가 없다. 어떤 일은 기쁘게 하지만 어떤 일은 힘에 부치는 수도 있다.

그것은 상황에 따라 다르며 해결을 위해서는 대화가 최선이다. 가족과의 원활한 소통을 위해서는 미리미리 예행연습을 해두는 것이 좋다.

투병 중에 제일 중요한 것은 휴식이다.

가족들은 가끔 아내나 엄마가 투병 중이라는 걸 잊고, 집에서 휴가를 즐기는 걸로 착각한다. 여자, 특히 주부의 특성 가운데 하나는 모든 것을 자신이 나서서 해결해야 한다는 생각에서 벗어나질 않는다는 점이다. 집안일이 외면되지 않아서 하고는 있지만 그렇다고 병이 다 나은 건 아니다.

나는 컨디션이 좋으면 좋은 대로 주부 역할을 했고, 힘들면 힘들다 말하고 병원에 입원하거나 스스로 쉬었다.
그럴 수밖에 없다고 판단되면 꼭 그렇게 했다.

한 침대 두 사람

나는 밤새
끙끙 앓았는데

남편은
밤새 마누라가
코까지 골며 잘만 자더라고.

허(許)하소서, 맛을!

암 환자들이
입맛이 없어서
결국, 굶어 죽는다던데
정말 맛이 없다.
밥이 꺼칠하고
국이 메스껍고
콜라도 밍밍하고
좋아하던 포도도 나를 배신한다.

아, 세상의 맛이여
부디 허(許)하소서.

말할까, 말까?

항암 중에 '수험생인데 학업에 영향을 줄까 봐', '해외에 있는데 걱정할까 봐' 이런저런 이유로 자신의 병을 자녀에게 알리지 않았다는 사람이 뜻밖에 많았다. 나는 그것을 바람직하지 않다고 생각한다.

암 수술을 하고 항암이 시작되면 정신적 육체적 고통이 수반된다. 수술하고 회복되어 건강을 찾는다면 더할 수 없이 바람직하지만, 암 환자는 전이나 재발에 대한 막연한 두려움을 갖고 있기에 수시로 자신을 돌아보고 인생을 살피게 된다.

두려움을 나누어 갖기 위해서가 아니라 가족들이라면 의당 그 상황을 알고 있어야 한다고 생각한다.

지근에서 가장 먼저 도움을 주게 될 손길이 가족이기에 반드시 사실을 알고 있을 필요가 있다.
환자 못지않게 받아들이기 쉽지 않은 현실일지라도 그 현실을 직시하고 함께 헤쳐 갈 수 있는 묘방을 찾아야 하지 않겠는가.

어떠한 경우에도 정확하게 알게 해주는 것은 필수다.
일상의 모든 면을 알고 나서라야 함께할 수가 있다.

TV 시청의 즐거움

새벽 6시에 일어나 FM 음악방송을 들으며 새벽밥을 한다.
고2 둘째 아들을 밥 먹여서 학교에 보낸다.
아침 식사 후 남편이 출근한다.
세탁기를 돌린다.
설거지를 한다.
청소를 한다.
빨래를 넌다.

출근 시간 음악 방송이 끝나면 소파와 밀착한 후 TV를 켠다.
(집에 있는 나를 위해 남편이 TV를 큰 화면으로 바꿨다.)
채널을 바꾸며 TV를 본다.
평소에 TV를 좋아하지 않았는데, 휴직하고 나선 진종일 TV만이 벗이다.
'무한도전', '슈퍼맨이 돌아왔다'의 삼둥이가 예뻤다.
대박이와 설아 수아 등장으로 더 열심히 보게 되었다.
'1박 2일', '삼시세끼' 같은 프로가 좋았다.
외화는 덜 잔인하고 더 유쾌한 '캐슬', 'NCSI'를 즐겨봤다.
갈등요소가 적고, 한 시간 안에 기승전결이 있는 게 좋았다.

TV 프로그램이 이렇게나 재미있는지 몰랐다.

오락프로그램이 위안을 크게 주었다.

새삼 좋은 프로그램을 만들어내는 제작자들에게 감사했다.
나는 TV프로 속으로 그렇게 빨려 들어갔다.
볕 좋은 날, 빨래들이 고들고들 잘도 말라갔다.

크리스마스 선물

　항암 치료를 하느라고 1년을 보냈다.

　서울대병원에서 8차에 걸친 항암을 마치고 전북대병원에서 30회에 이르는 방사선치료를 이어냈다. 월요일부터 금요일까지 매일 시행되는 방사선치료는 개인 일정으로 의사 면담이 지연되는 바람에 며칠 연기될 뻔했었다. 담당 간호사가 이리저리 일정을 맞추어 날짜를 조정해주었는데 그 이유가 있었다.

　"크리스마스 전에 끝내 드리려고요."

　아! 나는 크리스마스를 까맣게 잊고 있었지만, 간호사는 이를 염두에 두고 어떻게든 가뿐하고 개운하게 크리스마스를 맞이하도록 성탄 선물을 준비하고 있었던 것이다.

　2015년 12월 23일 방사선치료 마지막 날, 친절하고 정성스럽게 치료해주던 방사선사가 "오늘이 마지막이네요." 하면서 미소를 지었다. 어쩐지 살짝 눈물이 맺히는 듯했다. 매일 차가운 침대에 누워 방사선 치료가 끝날 때까지 숫자만 세었는데, 막상 치료 마지막이라는 것이 실감이 나지 않았었다.

　방사선사의 말 한마디가 나의 현실을 일깨웠다. '다시 만나서는 안 될 사이'이기에 마지막 치료의 의미가 각별했다고나 할까.

방사선사의 눈물도 내게는 선물이었다. 그동안 고생했다는 위로와 다시는 아프지 말라는 당부가 함께 전해졌다.

12월 24일 예정된 의사진료를 끝으로, 의료진들의 축하를 받으며 방사선종양학과를 뒤로했다. 때마침 라디오에서 흘러나오고 있는 노래가 너무도 공교로워 놀랐다.

지나간 것은 지나간 대로 그런 의미가 있죠
떠난 이에게 노래하세요 후회 없이 사랑했노라 말해요
그댄 너무 힘든 일이 많았죠 새로움을 잃어 버렸죠
그대 힘든 얘기들 모두 꺼내어 그대 탓으로 홀홀 털어 버리고
지나간 것은 지나간 대로 그런 의미가 있죠
우리 다 함께 노래합시다 후회없이 꿈을 꾸었다 말해요
          -전인권 노래 / '걱정 말아요 그대' 가사 중

들려오는 그 노래도 오직 나를 위한 선물만 같았다. 지나간 것은 지나간 대로 그런 의미가 있다니……. 그 또한 미래를 위한 선물일 것이라는 생각이다.
2015년 12월24일 방사선 치료 끝!

이보다 더 멋진 크리스마스 선물이 있을까?

3

거기, 그대가 있었네

소중한 사람

    나잇값을 못하는지 아직도 내 나이가 낯설다. 50이라는 숫자에 익숙지도 않은데 쉰한 살 생일 무렵, 덜컥 암이라는 놈이 나를 뒤흔들었다. 언젠가부터 내 몸속에서 자라고 있었을 터, 가슴 윗부분에 단단하게 뭉쳐 있는 그것을 조기에 발견한 것이 큰 다행이라고 했다.

    암 진단을 받고 나자 나에겐 대대적인 변화가 일었다. '김사은'이라는 사람 중심에서 '암에 걸린 김사은'으로 관심사의 중심이 이동되었다. 모든 일상이 암에 걸리기 전과 암에 걸린 후로 확연하게 구획정리가 되었다.

    그랬다.
    같은 사람인데도 암에 걸리기 전과 암에 걸린 후는 우선 상대를 보는 시각부터 달라졌다.
    그의 언행 여부가 나의 절박함에 비례했다고나 할까.

    늘 가까이에서 사소한 일상을 소통했을 뿐인데 암에 걸린 후로는 내게 둘도 없이 소중한 사람이 되어있었다. 위로와 사랑과 격려와 용기를 주는 데 있어서 순위를 매길 수는 없지만, 그들을 기억하고 그 표현과 방법을 통해 나 또한 다른 사람에게 전달할 수 있어야 한다고 생각했다. 기록으로 남겨서 잊지 말고 하나씩 실천하리라는 것이 내 인생의 새로운 목표가 되었다.

내 삶을 은혜로 빛내준 고마운 사람들, 그 사람들이 있어 투병 기간 내내 행복했고 다가올 미래가 두렵지 않았으니까.

아들 재발견

암 수술을 하고 항암을 할 때, 속이 깊은 큰아들 현범이가 곁에 있었다면 훨씬 많은 도움을 받았겠지만 유감스럽게도 현범이는 군 복무 중이었다. 대신, 고등학교 2학년인 둘째 아들 영서가 형 몫까지 더해 든든하고 다정하게 곁을 지켜주었다.

영서는 매일 아침저녁으로 나를 살피고 내 체온을 체크했다. 항암 후유증으로 손발이 자주 저렸는데 조잘거리면서 곧잘 발가락을 주물러주는 영서 덕분에 고통을 잊은 채 스르르 잠이 들곤 했다. 매일 밤, 영서가 나를 재워준 셈이었다.

서울대학교 병원에 항암 하러 가는 날에도 영서가 두어 번 동행해주었는데 병원 시스템을 잘 알아서 이리저리 발빠르게 대처할 수 있게 해서 든든했다. 학과 공부보다 컴퓨터 게임에 더 많은 시간을 보내는 것이 걱정스럽기는 했지만 '뭐, 공부만 잘하는 게 대수인가. 이렇듯 살뜰하게 엄마를 보살피는데, 효행 점수를 반영한다면 아마도 영서는 높은 등급을 받을 것이야.' 등의 생각으로 웃었다.

그러고 보니 사춘기에도 일탈하지 않고, 부모 속썩임 없이 10대를 고이 보내준 두 형제가 마냥 고맙기만 했다. 이번에 내 곁에서 엄마의 투병에 각별하게 임해준 영서에게 진정 고마움을 전하고 싶다.

남편

아내가 병에 걸렸을 때 남편들은 무슨 생각을 할까? 아내들처럼 남편 또한 오만가지 생각으로 잠을 못 이룰까? 나는 남편에게 물어보지 않았다. 남편이 병에 걸리면 아내들은 남편의 병시중에 진력하는데, 아내가 환자일 경우 남편들은 그렇게 다 하지는 못하는 것 같다. 그러함은 사랑의 질량 차이라기보다 남녀라는 성적 차이로 이해하면 좋을 성싶다. 그래서 나는 애초에 남편의 살뜰한 수발을 아예 기대조차 하지 말자고 작심을 했었다.

그럼에도 불구하고 아내의 고통을 도외시하거나 관심 표현이 소홀하면 가장 크게 서운함과 배신감을 느끼게 되는 경우가 항암 기간이다.

바꿔 말하면 남편들이 알아서 잘해야 하는 시기인 것이다.

다행스럽게도 남편은 내가 불만을 가질 새가 없이 잘 적응하는 중이다. 요리 솜씨 좋은 시어머니에게 물려받은 솜씨로 밥상도 거뜬히 잘 차려내고 TV 요리 프로그램과 요리책을 탐독하면서 의욕을 불태웠다.

어느 날은 새벽시장에서 오이와 무를 사오더니 오이 김치와 깍두기를 가뿐하게 담가 내기도 했다.

워낙 바빠서 항암 기간 내내 함께 하진 못했지만(심지어 중요한 검사나 항암을 할 때 해외 출장 중인 적도 있었다), 남편의 업무상 특성이 그러하니 불만을 제기할 수는 없는 일이다. 특별하게 섭섭해 한 전력이 남지 않는 걸 보니 남편의 점수도 그럭저럭 나쁘진 않은 것 같다.

　하지만 남편도 알아야 했었다.
　마누라가 항상 밝고 건강하고 씩씩한 것만은 아니라는 것을…….

엄마

암에 걸리고 제일 마음이 아픈 것은 부모님께 걱정을 끼쳐 드린다는 점이었다. 암 판정을 마치 사형 선고인 양 받아들여 온 것이 그간의 사회 현실이었다.

친정어머니 역시 하나뿐인 딸이 먼저 이 세상을 뜨면 어쩌나 싶은 강박증에 시달리는 눈치다.

무슨 말이라도 딱히 해주어야 할 테지만 도무지 해드릴 말이 생각나지 않았다. 게다가 엄마의 존재로부터 은연중에 멀어지려고만 하는 딸을 대하자니 그 허허롭고 막막함이 오죽했겠는가.

내가 암에 걸림으로써 친정엄마는 제일 큰 피해자가 되어버린 듯했다.

그러함이 제일 죄송하고 미안했지만 나는 그래도 혼자서 견디고 싶다. 엄마가 필요하지 않다는 건 절대 아니다. 다만 내게 필요할 때만 엄마가 계시면 좋겠다. 엄마는 언제까지 내 삶에 밀착형으로 아주 중요하게 관여하고 싶어하신다.

하지만 나는 아름다울 만큼의 적당한 거리가 부모와 자녀의 사이에도 반드시 존재해야 할 것만 같다.

그런 걸 이해하고 받아들이기까지 엄마는 꽤 많은 시간이 필요했다. 넬모레 팔순을 바라보는 친정엄마는 여전히 씩씩하고 강하다. 평생 짐 보따리 끌고 다니는 인생이라고 한탄하면서도 (그 얘기를 내가 자취하던 20대 시절부터 들었다. 그 짐 보따리는 엄마가 선택한 것이지, 내가 강요한 것은 아니지만……) 여전히 짐 보따리를 이고지고 남원에서 전주로 퍼 나르신다.

그 만큼으로 건강하신 것도 고맙기 그지없지만, 이제쯤은 외동딸 염려 망을 다 내려놓으시고 남은 생을 재미있고 유쾌하게 나시기만을 애오라지 빌고 비는, 참으로 어줍은 딸이고 만다, 내가.

전생에 우리는

항암과 투병 기간 중 가장 큰 도움을 준 사람은 언론사에서 퇴직한 K 선배다. 20년 전 이미 나와 같은 아픔을 겪은 K 선배는 내가 놀라거나 걱정할 틈을 주지 않고 곧바로 그 분야의 권위자와 연결하고 수술 절차를 밟아주었다.

나의 수술에 앞서 매번 나와 함께 서울로 오르내리며 각종 검사과정을 진두지휘(?)했다. 나는 불안하거나 두려운 마음을 대부분 내려놓을 수 있었다. 바쁜 나의 남편을 대신해서 여덟 번의 항암 기간 중 특별한 일정이 없는 한 늘 병원에 동행해 주었다.

1차 항암 치료 후, 집안에 쓰러져 있는 나를 발견해서 병원에 입원시켜 준 사람도 K 선배다. 8차에 걸친 항암 치료 중 1박 2일의 병원 일정은 물론 치료를 위한 먼먼 여정에도 기꺼이 함께해주었다. 선배가 나를 위해 무한량으로 투자해준 시간이며 감당한 경비가 절대 만만하지 않았음이다. 게다가 새벽차에 몸을 실을 때나 밤늦게 도착할 때마다 반드시 그의 남편이 배웅하고, 마중을 해주었으니 나로서는 민망해 죽을 노릇이었다. 그만큼 나는 K 선배와 부군이신 형부로부터 공동의 병간호를 톡톡하게 받은 셈이다.

K 선배

정성을 다해준 K 선배.
남편과 친정어머니는
"가족조차도 하기 어려운 노릇"이라고
치하하며 감동을 했다.
혹여 우리 둘 사이의 전생의 연이라도
가늠해볼 길이 있으면 얼마나 좋을까.
어쨌든 후생의 연만은
나름 감을 잡을 수
있을 것같다.

동료이자 도반

회사에서 일하는 시간이 집에 머무는 시간보다 길다는 것을 아는가? 그래서 회사는 제2의 가정이라고 생각한다.

암 진단 이후 수술과 건강에 집중하라며 곧바로 일을 나눠 가진 동료들은, 휴직을 연장해야 하는 상황에서도 한결같이 응원해 주었다. 언젠가 밀린 서류를 정리하기 위해 회사에 잠깐 들렀는데, 몇 달씩 빈자리는 먼지도 쌓이지 않았고 오히려 깨끗하고 정갈하게 정돈되어 있었다.

나는 정말 깜짝 놀랐다.

구 차장이 정리해 주었다고 했다. 내가 했던 것보다 더 깔끔하게 정돈된 책상을 보니 뭉클했다.

일에 대한 부담을 잊고 투병에 전념할 수 있게 지지해 준 사장님, 혜연 교무님, 김 선배님, 박 PD, 고 PD, 은영·도인·인호 씨 등 동료들이 정말 고맙다. 언제든 돌아갈 내 자리가 있고 반겨줄 동료들이 있다는 것은 큰 힘이 된다.

동생 같은 후배

유방암 수술로 병원에 입원해 있던 기간에 남편이 직장 일로 간병의 자리를 비운 때가 있었다. 공백이 생긴 그때를 맞춰 후배인 진아가 휴가를 내고 나의 병간호를 자원했다. 직장인에게 천금같이 귀한 휴가인데, 나를 위해 선뜻 마음을 내어 준 후배를 대하면서 참으로 감동이 컸다.

일찍이 간암으로 돌아가신 아버지를 대신해서 집안에서 가장 노릇을 했던 후배인지라 어찌나 살뜰하게 간병을 하던지 함께인 시간이 너무너무 편하고 즐거웠다.

진아 덕분에 수술 후 처음으로 머리를 감을 수 있었다. 생각지도 않았는데, 머리를 감겨주겠다고 자청하고 나선 것이다. 머리를 감고 나니 상쾌하기가 이를 데 없었다.

둘이서 병원을 산책도 하고 커튼이 드리워진 병실에서 도란도란 이야기를 나누었다. 어느 때보다 더 많이 대화했고 더 많이 서로에게 공감하고 이해를 공유하기도 했다.

참 좋은 시간이 흐르고 흘렀다.

병문안

우신산업 대표이자 수필가이신 국중하 사장님, 공숙자
수필가, 조미애 시인께서 나의 병실을 찾아주셨다.

김남곤 시인이 "매실즙으로 버무린 취나물이 맛있었어
요. 그 밥상에 함께 앉고 싶어요"라는, 짧은 글을 주셨
는데 울컥 눈물이 솟아났다.

항암 기간에도 문단의
여러 어르신의 보살핌이며 정성이
나의 항암에 대처하는 투혼을 거듭거듭 강화했다.

은사님의 편지

전북대학교 대학원 신문방송학과 박사과정 논문을 마치려고 결심했는데, 덜컥 암 수술을 받게 되었다. 사정을 전해 들은 K 지도교수님이 후배를 통해 봉투를 보내주셨다.

교수님은 편지로 "다 지나간다. 아무 일 아니다"라며, 괜찮다고 다독여 주셨다.

교수님 편지를 읽고 많이 울었다.
빨리 나아서 보은하겠다고 다짐했다.

보은하는 길은 논문을 쓰는 것인데 아직은 논문 쓰는 것이 두려워서 교수님을 뵙지 못하고 있다. 하지만 내게 정말 훌륭한 스승이 가까이 계신다는 생각만으로도 나는 정말 행복하다.

눈빛

성지에서
어르신을 뵈었다.
합장하고
몸을 깊이 숙여 예를 올린다.

침
묵

고개를 들어
어르신의 눈빛을 봤을 때

나는 알았다.

나 혼자서
투병한 것이
아니었음을

곳곳에서
나를 위한 기도의 메아리가
울리고 있었다.

밥 먹어주는
공덕

　밥 먹여주는 공덕도 크지만, 함께 먹어주는 공덕도 크다.
　가까운 친구 I는 매일 안부를 묻고 병원에 입원해 있을 때는
병원으로, 집에 있을 때는 집으로 찾아와 주었다.

　먹고 싶은 것이 무엇인지 물어서 밥맛이 없다고 하면 평화동
까지 가서 김밥을 사오고 고구마도 들여오고 했다.

　바쁜 시간 중에 틈을 내어 반찬을 해놓고 장도 봐왔다.
　여럿 중에서도 가장 큰 공덕은 점심때 함께 밥을 먹어줌으로
써 내가 꾸준히 식사를 거르지 않게 도왔다는 점이다.

　항암 중에도 영 입맛이 없어서 끼니를 거르기 일쑤일 텐데, I
가 옆에서 먹어주고 먹여주니 그럭저럭 식사를 이어낼 수 있었
다. 그녀가 아니었더라면 상당히 많은 여러 끼니를 걸렀을 것
아닌가.

　원래도 가까운 친구였지만 나의 휴직 덕분에 친구와 많은 시
간을 함께 보낼 수 있어서 정말 좋았다.

칫솔 하나의
감동

항암의 후유증 가운데 하나는 구내염이다. 양치질하면 피가
나서 칫솔이 벌겋게 물들곤 했다. 피로 물든 칫솔을 보는 것은
상당히 불편한 사안이었다.

우연히 이 얘기를 들은 P 선배가 대나무 재질로 만든 칫솔과
치약, 항암에 좋다는 생강차를 보내주었다. 검은색 대나무 칫
솔인데 심정적으로도 안정감을 주었고 이빨을 닦는 느낌도 좋
았다. 사소한 말 한마디도 놓치지 않고 챙기는 P 선배의 마음을
배울 수 있었다.

내가 수술하고 일 년이 지나서 나처럼 유방암 수술을 한 다른
선배에게 그 대나무 칫솔 한 봉지와 치약을 전해드렸다.

아들 친구의 어머니이자
내 친구

큰아들 현범의 친구인 병욱이 어머니 박향희 님과도 항암 기간에 더욱 가까워졌다. 현범이가 병욱 어머니는 잘 통하는 비가 있을 거라며 자주 만나보길 권했었다. 하지만 좀체 그럴만한 기회가 없었다.

현범이가 휴가 나온 사이, 집으로 초대해서 맛있는 음식을 차려주셨다. 그 후에도 나를 데리고 공기 좋은 심심산골에 찾아가서 몸에 좋다는 호두죽을 소개했다. 처음 먹어 본 호두죽이 그렇게나 고소했다. 그 좋은 맛이 더는 없을 지경이었다.

꽃꽂이도 수준급인 병욱 어머니다. 나를 위해 도자기 화병을 직접 만들어서 한 아름의 꽃을 꽂아 놓고 가신 병실이 무척 향기롭다.
누군가를 생각하며 빚은 그릇의 정성을 내 모르는 바 아니지 않은가.

화병에 꽂힌 병욱 어머니의 마음과 꽃향기가 오래오래 내 가슴에 여울지리라.
내 좋은 아들의 참 좋은 친구 덕분에 내가 만난, 진짜로 좋은 내 친구를 생각하면 때마다 기분이 '업' 된다. 백혈구도 '업' 되었으리라.

내 친구 그림이

　내 어린 친구 그림이 이야기를 어찌 빼놓을 수 있을까. 올해로 중학교에 진학하는 그림이가 초등학교 3학년 때였다. 내가 제작하는 방송에 고정으로 출연했다. 어느새 그림이 엄마 아빠와도 친해져서 가끔 연락하고 지내는 사이이다. 항암 하던 날 아침 마침 그림이의 위문 메일을 읽을 수 있었다.

　　김사은 선생님께

　　선생님, 안녕하세요?

　　저 그림이예요.

　　선생님 많이 아프시지요(뜨아)

　　선생님 빨리 나아서 저희 가게에 얼른 오셔야지요.

　　선생님 꼭 OTL 하시면 안돼요.

　　꼭 건강하게 퇴원하셔야 해요

　　그림 올림 힘내3(아자아자, 웃자. 파이팅!)

　각종 이모티콘을 사용한 그림이의 기지와 발랄함이 묻어나는 유쾌한 메일 내용에 울다가 웃다가 '웃픈' 추억 실컷 남겼다.

　그날, 힘든 항암을 수월하게 마치게 된 것도 어쩌면 그림이의 메일 덕분일 것이다.

떡 케이크

4차 항암을 마치고 5차 항암부터는 낮 병동에 입원해서 주사를 맞았다. 8시간에 걸쳐 항암 주사를 맞는 것은 큰 고역이었다. 5차부터 8차까지의 항암 주사에는 근육통이 동반된다고들 했다. 아닌 게 아니라 온몸이 쑤시고 통증이 심해져서 원광대학교 전주한방병원에 입원을 했다. 약침 치료, 쑥뜸, 족욕, 암반욕 등의 프로그램은 물론, 당시 원장이셨던 문구 교수 님과 문향허 교무 님의 따뜻한 위로가 치료에 큰 도움이 됐다.

개인적으로, 한방은 일단 링거를 달지 않아도 되니 훨씬 자유로운 것 같았다. 두어 차례 걸쳐 열흘에서 2주 정도 입원했다가 항암 주사를 맞아서 그런지, 후반기 네 번의 항암도 그냥저냥 무탈하게 넘어가 주었다.

원광대학교 전주한방병원에서 퇴원하는 날, 병실로 떡 케이크가 배달되었다. 웬 떡 케이크인가 싶었다. 한국건강관리협회 전북지부 강선규 본부장이 보내신 거였다. 훗날 왜 케이크를 보내셨느냐고 여쭈었더니 "퇴원한다기에 반가워서 축하 의미로 보낸 것"이라고 했다.

퇴원 축하 파티

그날
내 병실은 느닷없는 잔치로
와자했다.
행복 충만,
기쁨 한 마당의
순간이었다.

뜨겁지 않은
링 쑥뜸

1차 항암 후에 어지럽고 메스껍고 구토가 심해서 이 상태로 어떻게 8번의 항암을 견디나 심히 걱정되고 불안했다.

잡지사 편집장을 지낸 K 선배가 뜨겁지 않은 링 쑥뜸을 떠보라고 권했다. 자신이 취재한 사람 중에 유방암 환자는 쑥뜸을 하고 쉽게 항암을 견뎠다고. 심지어 머리카락 하나 빠지지 않은 채 온전하게 머리카락을 유지한 사람도 있다고. 유방암처럼 예후가 좋은 암은 독소배출과 면역력 증강에 확실한 효과가 있고, 고통이 큰 대장암 환자에게도 통증 완화에 도움을 준다며 간곡하게 권유했다. 그가 펴낸 ≪뜨겁지 않은 링 쑥뜸 치료법≫이라는 책자를 함께 건네면서…….

K 선배의 조언에 따라 링 쑥뜸을 뜨고 났더니 2차 항암부터는 거짓말처럼 구토와 메스꺼움 증상이 사라졌다. 그뒤로 항암 전에 꼭 쑥뜸을 뜨고 주사를 맞았다. 항암외과 교수님께 "백혈구가 어떤가요?" 물었더니 "팔팔합니다"라고 대답해서서 함께 웃었다. 남들은 고단백질을 섭취하기 위해 소고기도 먹고 장어도 먹는다지만, 내 경우 특별히 음식을 가리지 않고 (먹을 수 있는 것만도 다행인지라) 집 밥 중심으로 식사해온지라 딱히 음식물 섭취로써 면역을 보강한 것은 아닐 수도 있지 싶다.

K 선배의 조언대로 뜨겁지 않은 링 쑥뜸을 뜬 것이 주효하여

백혈구 수치 유지에 큰 도움이 되었을 것만 같았다.

예정된 날짜에 맞춰 항암 주사를 맞고 치료를 받았지만, 의외로 백혈구 수치가 낮아서 스케줄을 미룬 환자가 많다는 것을 나중에야 알았다. 특히 지역에서 서울로 가는 환자들 중에는 채혈 후 백혈구가 수치에 미치지 못하면 다시 일정을 조정하고 두어 차례 서울행을 감행해야 하는 경우가 많다는데 나는 예정대로 척척 주사를 맞을 수 있었으니 이 또한 얼마나 큰 행운이던가.

나도 어느 암 환자가 조언을 구한다면 서슴지 않고 뜨겁지 않은 링 쑥뜸을 권하고 싶다. 약품은 항암에 도움이 될지 해가 될지 조심스럽지만, 쑥뜸은 백익무해百益無害라고 확신하기 때문이다. 쑥뜸 치료를 권해준 K 선배에게 고마움을 전하고자 한다.

내 친구 지니

우리 어렸을 때, 신작로 사이에 두고
하필 동(洞)이 갈리는 바람에 초등학교를 같이 못 나녔지만,
어차피 너는 4학년 때 서울로 전학 가야 했잖아.

조개껍데기에 '우정'이라 써서
하나씩 나눠 갖고
그 우정 깨질까 봐 버리지도 못했단다.

남원 촌년이던 나는
초등학교 6학년 때
서울에서 엘리베이터를 첨 타보고,
강남 맨션아파트라는 곳을 첨 가봤지.
쾌적한 양변기도 첨 알았어.
너네 집 가느라고.

그로부터 여름, 겨울, 일 년에 두 번씩
수십 년이나 한결같이 따뜻하게 맞아준
너와 가족 덕분에
서울 구경이 그리 낯설지만은 않았지.

스무 살 생일에,
세 시간도 넘는 거리를 달려와서

꽃다발하고 향수를 선물해 준 감동을
어찌 잊을 수가 있겠니.

40년도 넘은 세월,
너에게 받은 것이 너무 많은데
갚지 못할까 봐 그게 두려웠단다.

오늘도 조용히 내 병상을 지키고 있는 고운 친구여.

나 진짜로
잘살았나 봐

　3차인가 4차 항암 주사를 맞는 날, 서울 친구들이 병실로 오겠다고 해서 그날은 혼자 병원으로 갔다. 남원여중·여고 친구인 금옥이와 덕여가 서울대병원 암센터엘 왔다. 항암 주사 맞는 동안 힘들지 않게 말벗이 되어 주었다.

　천생 여자인 덕여는 나와 금옥이를 자동차에 태우고 서교동 은숙이네 화실로 데려다 주었다. 다정하고 속이 깊은 은숙이는 한국화를 전공한 독실한 기독교 신자로 목하 '은총' 연작을 그리는 중의 중견작가이다. 은숙이의 그림을 감상하고 있으면 마음이 평안하고 치유의 손길이 닿는 듯하다. 나는 은숙이의 그림 앞에만 서도 이내 행복해지곤 했었다.

　근처의 김치찌개 잘하는 식당에서 밥을 먹었는데 항암 주사로 메스껍던 속이 편해졌다. 그동안 식사를 잘 못했는데 그날은 아주 맛있게 먹었다.
　은숙이가 "사은이는 항암하고 심신이 피곤할 텐데 고속버스로 가는 것이 힘들 거야"라며 나를 제 자동차로 전주까지 데려다 주겠다고 했다. 금옥이도 동행하겠다고 덩달아 나섰다.
　은숙이는 뒷좌석에 베개와 홑이불까지 준비해두었다. 누워서 편안하게 가라함이리라. 친구들의 마음 씀씀이에 울컥해졌다.

　아! 나, 진짜로 잘 살았나 보다.

앞 단추 달린 블라우스야

오른팔을 쓸 수 없으니
옷 입는 것도 누군가의 도움이 필요했다.

L 선배가 앞 단추 달린 블라우스를 사주었다.
처음엔 앞 단추를 손수 잠그는 일도 쉽지만은 않았다.
인내심을 가지고
구멍에 하나하나 단추를 정성껏 끼워 넣었다.
자꾸 연습하니 단추를 쉽게 여밀 수 있었다.

앞 단추 달린 블라우스야! 너 참, 고마웠어.

고마운
화요일의 사람들

우리 모임의 회원 가운데 월드컵파가 있다.

무시무시한 조직이 아니라, 월드컵 골프 연습장에서 화요일마다 운동하는 소모임이다.

여름엔 이른 새벽에, 겨울엔 추위를 피해 일 년 내내 네 명이 한팀이 되어 열심히 운동한다.

그 모임에서 점심을 먹을 때마다 나를 초대했다.

집이나 병원으로 와서 나를 픽업해 가서 용기를 북돋워 주었다. L 선배, P 선배, I 선배, K 대표, 한 분 한 분 모두가 고맙기 그지없다.

첫날밤

    암 수술하고 퇴원한 첫날, 물리치료사인 S 선생이 전주 한옥마을의 집 한 채를 임대해서 나를 초대해줬다. 정신적인 안정을 취해야 한다며 온갖 간식거리를 준비하고 나를 기다리고 있었다. 림프 부종 예방을 위한 마사지법도 가르쳐주고 기구를 이용한 운동법도 알려주었다. 무엇보다 밝고 긍정적인 자세가 중요하다고 강조했다.

    결혼 후 3년인가 4년 만에 남편을 사고로 잃고 혼자서 씩씩하게 아들딸 잘 키워낸 S의 속사정도 처음 알게 되었다.

    내가 지금 겪고 있는 고통이 큰지 그녀가 26년 동안 버티며 살아온 아픔이 더 큰지는 비교할 수 없지만, 그녀가 무지무지 존경스러웠다. 아주 특별한 첫날의 밤이었다.

아름다운
그녀들

여성단체에서 일하는 S 팀장은 결이 고운 사람이다. 그녀가 고르는 꽃 한 송이도 품격이 다르다. 빈자리를 찾아 조용히 자리를 메꾸는 그녀가 있어 자리가 빛이 난다.

독실한 기독교 신자인 L 관장은 향이 깊다. 조곤조곤 위로하고 기도해준다. 차 트렁크에서 잘 익은 무 김치를 내어주셨다. 잘 익은 우리 사이 같다.

여성단체 실무책임자인 M 국장은 사려가 깊은 사람이다. 유난히 힘들었던 그 해, 신앙심으로 극복하고 가족들과 함께 시간을 가지라며 건강 식사권을 주셨다. 나를 위해 얼마나 뜨겁게 기도하셨을지 잘 안다.

전문직 여성으로 탄탄한 경력을 쌓아온 K 국장은 갑자기 쓰러진 아들 때문에 하늘이 무너져 내리는 고통을 겪었다. 아들 병간호하느라 보낸 2015년 그해, 항암을 마친 나와 뜨겁게 포옹했다.

말은 없어도

말은 없어도,
마음과 마음이 전하는 위로와 격려다.
함께 있으면
완전체가 된다.

투사가 되어

민주운동을 이끌었던 여성계의 대모 B 선배가 암으로 쓰러졌다. 뜨거운 열정과 희생정신으로 구석구석 사랑의 손길을 내밀었던 자비로운 그녀.

왜,
그녀의 하나님은 착한 사람에게 병을 주는 걸까.

나와 같은 날 수술을 하고 나와 같은 생각을 하며 세월을 견디어 냈을 그녀.

이제는 그대를 위해 병을 물리치는 투사가 되세요. 완치의 해방을 맞는 그날까지 쓰러지지 말아요.

꽃밭 회원들
덕분에

항암 주사를 맞고 나면 마치 입덧을 하는 때처럼 입맛이 뒤죽박죽 곤두박질을 쳤다. 금방 무엇이 먹고 싶었다가도 한 입을 먹으면 식욕이 싹 사라지기도 하고, 느닷없이 잘 먹지 않았던 음식이 미친 듯이 '당기기'도 했다. 그런 때마다 '꽃밭' 선후배들이 나서 주었다.

꽃밭은 다양한 직업을 가진 열두 명의 선후배들 모임이다. 첫 모임에서 꽃 이름 하나씩을 이름 붙인 것이 계기가 되어 모임의 이름도 꽃밭이라 정했다.

장미 언니는 자기 집의 냉장고 내용물의 절반을 우리 집으로 옮겨 왔다고 해야 할까 싶게 정성을 쏟았다. 집에서 손수 담근 간장, 고추장은 물론 10년 묵은 약된장도 아낌없이 퍼서 날랐다. 내가 병원에 입원할 때마다 병원 냉장고를 그네 집 밑반찬으로 채워 놓았다.

배꽃 언니는 고단백질을 섭취해야 한다며 장어를 곧잘 사주시곤 했다. 아무리 비싼 음식이라도 입맛이 당겨야 먹을 수 있는데 마침 배꽃 언니가 사주신 장어를 정말 맛있게 먹었다. 내가 백혈구 수치를 유지할 수 있는 것도 어쩌면 이 장어 덕분이지 여겨질 정도였다.

병원에 입원해 있는 동안 에바가 맛있는 열무김치를 가져왔다. 열무김치를 본 순간 열무 국수가 먹고 싶었다. 에바는 국수를 삶아서 병실로 가져왔다. 열무김치에 국수를 비벼서 국물까지 호로록 호로록 잘도 흡입했다. 항암 며칠 만에 참으로 맛있게 먹어본 한 끼였다.

　한방 병원에 입원해 있을 땐 상추 튀김이 먹고 싶었다. 상추 튀김은 상추를 튀긴 게 아니라 튀김에 상추와 양념간장을 싸먹는 전주식 음식의 종류다. 카톡에 "상추 튀김 먹고 싶어요"라고 올렸더니 사과꽃이 번쩍 손을 들었다. 전북대학교 구 정문 앞에서 상추 튀김을 사서 병실까지 배달해줬다. 사과 꽃은 텃밭에서 손수 기른 것이라며 고추와 오이, 상추 등을 한 아름 가지고 와 병실에 늘어놓았다. 종류와 내용물이 어찌나 많은지, 간이 슈퍼마켓을 차린 듯했다.

　먹고 싶은 것이 그때그때 달라서 어느 날은 소나무가 병원 근처를 몇 바퀴씩 돌아다니며 보쌈을 사왔고, 바람꽃이 가정식 김밥과 짜장면 짬뽕 등을 사 오기도 했다.

　한 자 한 자 정성스럽게 편지를 써서 응원해 준 매화 언니와 수선화, 릴리, 카라, 꽃다발을 가지고 서울대병원까지 달려온 튤립…… . 모두 다 웬만큼 소중하고 고마운 인연들이 아니다.

나는 가끔 입장을 바꿔 누군가 나처럼 절실할 때, 내가 그의 절실함을 해결해줄 수 있을까 가늠해보곤 한다.

　저 사람들은 내가 필요로 할 때, 반드시 그 어려움을 잘 헤아리고 문제를 해결해 주었다. 그리하기엔 과다할 정도의 시간과 정성을 수반해야 할 것을 알기에 꽃밭 회원들이 모두 나에겐 감동이다.

　그들의 아낌없는 응원 덕분에 나의 백혈구가 팔팔해졌을 것이다.

관계

좋은 관계를 유지하기 위해서는
상대방이 좋아하는 것을 잘하려 하기보다
상대가 싫어하는 것을 극구 하지 않는 편이 훨씬 좋다.

좋아하는 것을 더하면 사랑이 자라고
싫어하는 것을 빼면 갈등이 줄어든다.

둘 중 하나를 선택하란다면
싫어하는 것을 '지양'하고
좋아하는 것을 '지향'하는 것이
훨씬 경제적이다.

4

더 보고 싶은 다른 세상

내게 가장 큰 선물, 여행!

2011년 첫 수필집을 출간했을 때, 한 신문사의 기자가 나에 관해 이야기한 대목 중의 하가[何暇]가 이러했다.

"찡그린 모습은 아직 못 봤다. 웃음도 많고 주위 사람 잘 챙기고, 성가신 잡일도 싫은 기색 없이 쓱쓱 해치운다. 여윳돈만 생기면 훌쩍 여행을 다닌다."

'어라? 우리가 그렇게 가까운 사이도 아닌데, 나를 어떻게 그리 잘 알지?' 싶으면서 내심 반갑고 좋았다. 내 마음속에 들어와 본 것처럼, 내가 되고 싶은 나를 말해 줄 때 참 반갑고 유쾌했다.

찡그린 모습을 보지 못했다니 참 다행이구나 싶었지만, 웃음 많고 주위 사람 잘 챙긴다는 이야기에는 조금 긴장도 되었다. 아, 더 잘 챙기며 살아야 할까 보다 싶은 자성이 고개를 들었다. 성가신 잡일도 싫은 기색 없이 쓱쓱 해치운다는 부분은 일을 대하는 자세와 처리하는 속도감을 치하한 대목일까? 아무튼 '더욱 분발하는 게 옳겠지' 싶은 생각을 하게 했다.

제일 반가운 것은 "여윳돈만 생기면 훌쩍 여행을 다닌다"는 내용이다. 내가 여행 좋아하는 것을 이 기자가 어떻게 알았지? 아무래도 소문이 나긴 했나 보다. 해외여행 나서기가 쉽지 않던 시절, 방송국 선후배 넷이 홀쩍 다녀온 일본 여행이 계기가 되어 좀 더 외연을 넓히고자 했다.

첫 일본 여행의 멤버였던 L이 결혼한 후 임신 출산 육아로 이어지는 바람에 그 이후 함께 여행하지는 못했지만, 여행을 좋아하는 K 선배가 합류하면서 네 명이 핵으로, 인연 따라 해마다 여행길을 나섰다.

파울로 코엘료는 "여행은 언제나 돈의 문제가 아니고 용기의 문제"라고 말했는데, 나 역시 여윳돈이 생겨서 떠난 여행만은 아니었다. 지출의 순위를 어디에 두느냐의 차이인데, 아무리 그래도 무리하게 나다니는 것은 내 취향이 아니었다. 평소에 여행 경비를 마련하기 위해 적절하게 계획하고 그에 따른 실천을 차근하게 했다.

일본 중국 등 4~5일 이내의 여행은 연휴를 끼어서 다녀오고, 가장 공들여서 준비하는 여행은 장기 휴가를 쓸 수 있는 여름철로 집중했다. 멤버들의 의견을 모아 모두가 가보지 않은 쪽, 가보고 싶어 하는 곳을 설정하고 그에 알맞은 좋은 상품을 찾아 은밀하게 총진군을 폈다. 꼭은 그렇게 하여(더러더러 바뀐 멤버가 있었지만) 터키, 동유럽, 스페인·포르투칼, 몽골, 서유럽, 북유럽, 미국 등지를 온갖 신바람 몽땅 어깨에 장착하고 휘돌다 오곤 했었다.

　일상을 풍요롭게 하는 비결 중의 하나가 바로 여행이라고 믿
어 왔다.
　여행은 내가 나에게 주어 온 선물 중에서 가장 큰 것이기도
했다.

　지금 당장 생을 내놓으라고 해도 크게 억울하지 않겠다 싶은,
근거 없을 성싶은, 어처구니없는 내 자신감들이 어디서 온 것이
냐를 제발 물어주시라. 나는 여행 중에 내 마음속 깊이 새긴 아
름다운 세상과 숱하게 많은 사람의 사연들이 범벅타령처럼 버
무려준 사랑이 시시각각 그득그득 되살아나기 때문이라고 서슴
없이 대답할 것이다. 내 삶의 윤활유이던 여행! 나, 이보다 큰
축복을 어디에서도 찾지 못할 거야.

✳

전적으로 동의

인터넷에서 '레지너 브릿'이라는 사람의 칼럼을
보았다.
유방암 환자인 그녀는 이렇게 말해주고 있었다.

"암은 내게 특별한 날을 위해서 무언가를 아껴두면
안 된다는 것을 가르쳐주었다. 왜냐하면, 모든 날이
특별하기 때문이다. 지금 그것을 전부 써버려야
한다."

나도 그의 말에 전적으로 동의했다.

나는 왜 여행에 집착할까

암 환자에게 '다음'은 없는 법이다.

"우리, 언제, 한 번, 밥 먹자"와 같은 두리뭉실하고 막연한 약속의 미래는 불안하다. 잠잠하던 암이 언제 성낼지 모르기도 하고, 평정을 유지하고자 노력하던 내면의 평화가 언제 흐트러질지 모른다.

재발과 전이의 두려움을 품고 사는 암 환자의 라이프 스타일은 6개월마다 실시되는 정기 검진에 따라 좌우된다. 웃고 우는 6개월 시한부 인생과도 같다. 삶을 가벼이 여겨서가 아니라 지금, 이 순간에 충실하지 않으면 다시는 좋은 기회가 오지 않을지도 모른다. 그러기에 '지금', '여기'의 내가 전부로써 절실하다.

지금 여기의 나를, 지금 그 전부를 쏟아 부어야 한다. 어쩌면 그 절박함이 일분일초를 더욱 소중하게 만드는 것일 수도 있다(그렇다고 절박함에 휘둘려서도 안 되겠지만……).

내가 투병 생활 동안 여행을 떠나려고 했던 이유다.

어머니는 내 인생여행의
진정한 가이드

내 인생에 '여행'을 선물해 주신 분은 친정어머니다. 철도 공무원으로 정년퇴직한 어머니는 나에게 유치원 시절부터 두 가지 큰 선물을 해주었다. 하나는 남원 읍내의 유일한 서점에서 정기적으로 책을 사준 것이고, 또 하나가 바로 여행이었다.

철도 공무원에게 주어지는 특혜 가운데 일 년에 몇 회 정도 가족 동반 패스권이라는 게 있었다. 엄마는 그걸 이용해서 일 년에 두어 번 여행을 다녀오곤 했다. 지금이야 '여행'이라는 단어가 아주 쉽게 쓰이지만 40여 년 전만 해도 '여행'은 일부 부유층이나 누릴 수 있는 호사였다. 대부분 서민은 감히 꿈도 꿀 수 없었던 그 시절이었다.

엄마는 또 딸의 글쓰기에 적극 나서는 매니저였다. 매번 새로운 여행지와 소재를 발굴해서 신선한 제재를 제공해주곤 했다. 초등학교 3학년 때였다, 광주 사직동물원에 갔는데 마침 호랑이가 출산한 것을 대대적인 경사라고들 했다. 그러나 어미 호랑이와 새끼 호랑이의 보호 차원에서라고 관람객에게는 빈 우리만을 관람하게 했다.

그때에 어머니가 어떻게 관리인을 설득했는지 몰라도 우리만은 갓 낳은 새끼 호랑이를 구경할 수가 있었다. 인형처럼 작은 새끼 호랑이가 참으로 사랑스러웠다. 눈망울이 어찌나 맑고 그

욱하면서도 초롱초롱한지, 어린 내 가슴에 일었던 그 감성의 파고를 무어라고 차마 표현하기 어려웠다.

그때 새끼 호랑이와 대면하며 느낀 그 섬영閃影같은 감성이 두고두고 내 가슴 깊은 곳에서 때때로 요동치곤 했다. 엄마는 그날 진짜 영웅이었었다.

거듭 말하지만, 여행 자체가 뭔지 모르던 시대에 방학 때마다 체험하는 나의 특별한 여행기가 '기행문' '글짓기'의 전범이 되었고 개학과 더불어 시상하는 과제물제출 평가에서 매번 부문 대상을 석권하는 영광을 누리게 해주었던 것이다.

때로 엄마랑 외할머니와 동행한 적도 있었고 오지랖 넓은 엄마가 조카들에게까지 개방해서 떼 뭉쳐서 여행의 즐거움을 누렸다. 여행의 주요 수단이 되어준 것은 기차다. 여행 도중 중간에서 갈아타기 위해 중간역에서 밤을 지새운 적도 여러 번으로 많았다.

그럴 때 기차 안에서 맞이하는 새벽은 때마다 신선했고, 차창을 통해 바라 본 계절의 변화마다 경이롭기 그지없었다. 멀리 논두렁에서 손을 흔드는 사람들에게서 폴폴 넘치는 인정을 보았다. 아, 그러고 보니 기차야말로 내 여행의 출발 지점에 서 있

던 최초의 탈 것이었다.

　어머니는 지금도, "너는 좋은 글을 써야 하니까, 언제든 기회
가 되면 더 넓은 세상을 보고 그걸 그려야 한다"고 말씀하신다.
나의 허전한 빈자리를 채워 준 내 어머니야말로 내 인생의 참
여행가이드였음이다.

여행의 기술

　　알랭 드 보통은 ≪여행의 기술≫이라는 책을 통해 보편적 여행의 정서를 확장해줬지만, 나 또한 나만의 여행의 기술이 있다. 나의 여행의 '기술'이자 '기법'을 소개하자면 여행에 대한 환상이 없다는 점이다. 기대가 크면 실망 또한 큰 법이어서 목적과 방법이 결정되면 여타의 불편함이나 불만을 제기하지 않는 편이다. 가장 중요한 목적 하나를 달성하면 나머지는 덤으로 얻어지니, 내 셈법대로 한다면 어디를 가든지 이득인 것이다.

　　여행의 철학이랄까, 겸손함의 미덕을 인도 출장에서 배웠다.

　　새벽 5시에 출발해서 하루 평균 8~9시간 이상 자동차로 이동하는 인도 여행은 그 자체가 고행이었다. 수없이 듣고 마음의 준비도 했지만 '인도'라는 불가사의한 나라는 모든 지식과 상식을 원점으로 되돌려 놓는 특이한 마법을 부렸다.

　　생각보다 문화적 충격이 컸던 게 사실이다. 바라나시로 가는 기차는 시간이 아니라 공간 속에 멈추어 선 것 같았다. 아무리 기다려도 오지 않는 기차, 그러나 인도 사람들 그 누구도 불평불만이 없어 보였다. 그곳에서는 시간이라는 개념이 애초에 존재하질 않은 것 같았다.

　　버스는 슬로비디오처럼 느리게 달렸다. 가다가 못 가면 쉬다가 가고, 지치면 또 쉬었다. 작은 미니버스가 산길을 달릴 때는 내 몸도 덩달아 공중으로 솟구쳤다. 안전띠도 없는 고물 버스에 몸을 의지하고 누구든지 화장실에 가고 싶으면 손을 들어 차를 세웠다. 버스는 선 김에 또 쉬었다가 가는, 느리게, 느리게 더 천천히 세월을 품고 가는 인도의 시간들…….

처음엔 고행이었으나 어느 순간 문득 깨달았다. 누군가 머나 먼 타지에서 나를 위해 먹여주고 재워주고 데려다 주는 것이 얼마나 고마운 일인지. 신기하게도 이후부터 버스로 걸리는 시간이 얼마나 되는지가 궁금하지가 않고 불편하지도 않았다.

패키지 여행이건 자유 여행이건, 그렇게 여행의 기대감을 싹 빼고 출발하면 몸도 마음도 가벼워진다.

다행히 아직까지는 열 시간이 넘는 긴 비행시간도 지칠 만큼 지루하진 않다. 영화를 워낙 좋아하다 보니 기내에서 제공하는 영화 서너 편만 보더라도 이내 목적지에 다다른다. 평소 보고 싶었던 영화를 기내에서 만나면 반가움이 더 배가된다. 스타워즈 같은 시리즈도 갈 때, 올 때 적당히 조절하면 높은 몰입도로 이해할 수 있다.

암과 여행, 그리고 참 젊은 날의 일

　암 환자에게 제일 무서운 것은 고열이다. 항암내과 담당 교수가 열이 나면 바로 큰 병원의 응급실로 가야 한다고 여러 번 강조했다. 속없이 해외여행 다녀와도 되느냐고 물었더니, 역시 같은 이유로 "열이 나면 응급실로 가서 적절한 조처를 해야 하는데, 해외에서 그런 상황이 발생하면 위험하다"는 답변이었다.

　내 마음을 읽었는지 K 선배가 수술하고 몸을 추스를만하면 항암 전에 일본이라도 다녀오자고 했다. 15년 전, 우연히 떠난 일본 여행에서 선후배를 떠나 여행 동지로서 이보다 더 완벽한 조합은 없을 거라고 서로의 존재를 확인해서 기쁨이 컸었다. 이번에는 '항암 대비 특별 기획' 같은 성격을 띤다. 그 당시엔 여길 또 언제 와보나 했지만, 이런저런 모임과 사연이 엮이어 같은 장소를 너덧 번을 더 다녀온 것 같다.

　구마모토의 아소 화산은 갈 때마다 기상악화로 출입 금지여서 세 번째인가 네 번째 드디어 분화구를 만날 수 있었다. 그 후 화산이 폭발하면서 그 일대의 관광이 완전히 폐쇄되었는데, 이번 여행에서는 가이드의 배려로 화산 아래까지 가게 되었다.

　몇 년 전만 해도 수많은 관광객으로 북적이던 곳이 급격히 쇠락하고 가게마다 문이 닫히고 화산재를 둘러쓰고 있었다. 문학 단체에서 일본 기행을 했을 때 가이세끼 정식을 먹었던 식당도, 출장길에 들렀던 선물가게도 하나같이 문이 닫혔다. 푸르던 초

원지대가 화산재로 덮였고, 다시금 화산이 그르렁거리며 연신 잔기침을 해대고 있었다.

'아, 아소 화산도 다시 볼 수 없겠고 나 또한 당분간 여행은 어렵겠구나.'

그런 생각이 나를 쓸쓸하게 했다.

2015년 9월, 아소 화산이 폭발했다는 기사를 접했다.

이젠 정말 갈 수 없는 곳이 되었다.

10여 년 전, 신비한 옥빛 분화구를 볼 수 있었던 것은 정말 기막힌 행운이었다.

벌써 오래된, 참 젊은 날의 일이 되고 말았다.

백두산 등정

저가^{低價} 항공사에 근무하는 후배가 임원 대상 특가 상품이 떴다고 알려줬다. 몇 사람 정도는 신청할 수 있을 거라고 했다. 가격이 턱없이 싸서 별생각 없이 남편에게 정보를 전달했다. 남편은 "백두산을 가보는 것도 의미가 있지"라며 무척 진지하게 받아들였다.

'암 환자를 데리고 백두산을 간다고?'

아무리 여행을 좋아하는 나였지만, 과연 항암 중에 백두산을 갈 수 있을지 판단이 얼른 서지 않았다.

마침 K 선배와 Y 선생 가족들이 다 같이 이번 여행에 동참하기로 했다면서 같이 가자고 권했다. 평소 친하게 지내는 가족들이 모인다니 마음이 놓이고 용기가 났다.

2015년 7월 19일 오전 10시 청주발 비행기에 탑승했다. 심양에 도착, 통화를 거쳐 이튿날 서파를 통해 백두산에 오르게 되었다. 1,442개의 계단이 관건이었다. 가마꾼도 있다면서 몸이 따르지 않으면 가마를 타고 오르면 된다고 했다. 혼자 뒤처질 상황도 아니어서 한 걸음 한 걸음 힘들게 계단을 오르기 시작했다. 숨막혀 죽는다는 것이 바로 이런 상황이었을까?

정말 숨이 턱턱 막혀서 중간에 여러 번 주저앉았다. 남편과 아들이 번갈아 손을 잡아 주고, 또 다른 일행이 끌어주고 밀어주며 위태롭게 올랐다. "오르고 또 오르면 못 오를 리 없다"고 누가 말했던가. 어느덧 저 멀리 백두산 천지가 보이기 시작했다. 일행들은 일찌감치 천지에 도착해서 사진을 찍느라고 야단법석인데, 나 혼자서 필사적으로 무거운 발걸음을 한발 한발 내디뎠다.

그동안 백두산에 올 기회도 많았었는데 하필이면 암 환자가 되어 천지에 오르다니……. 만감이 교차했다.

함께 백두산에 가자고 했던 사랑하는 후배는 이태 전에 암으로 죽었고 나는 암 환자가 된 지금에야 오르고 있다. 후배가 그렇게나 보고 싶어 했던 백두산 천지. 그때 조금만 더 서둘러서 후배와 함께 올 걸 그랬나 보다. 암 환자인 나도 이렇게 힘들지만 오르고 있잖은가 말이다. 어차피 죽을 거, 백두산이라도 보여주었다면 좀 좋았겠나 싶어서 천지가 가까워질수록 후배 생각이 간절해졌다.

혼자서 1,442개의 계단을 오른 감격과 후배 생각이 겹치면서 눈물이 와락 쏟아졌다.

'나만 와서 정말 미안해. 하늘에서 보고 있는 거지?'

3대에 걸쳐 복을 지어야 볼 수 있다는 천지의 물빛! 초행길인데도 금방 구름을 걷고 온전히 몸을 드러내 맞이해 주었다. 천지의 기운 받아 부디 건강해지라 축복을 해주는 것만 같았다. 비록 큰아들은 못 왔지만, 남편과 작은아들이 함께 천지에 올라 더욱 흡족했다. 체력이 고갈되어 하산 길은 두 배로 힘이 들었다. 다른 사람보다 한 시간쯤 늦었다. 일행들이 반색하며 맞아주어서 고마웠다.

내가 암에 걸려서 백두산이 더 우람하고 천지가 더욱 신령스럽게 느껴진 게 아닐까. 1,442개의 계단 한 칸 한 칸을, 전력을 다해서 정성스럽게 올랐었다. 고통스러웠지만 그 이상의 감동과 전율을 맛볼 수 있었다. 어쨌거나 항암 중에 백두산을 다녀온 사람은 그리 흔치 않을 것이다. 천지의 기운 덕분인지, 열은 오르지 않았고 하루하루를 무사히 잘 넘겼다.

기적 같은 일이라고들 했다.

암 환자의 훈수

백두산에 다녀온 이틀 뒤에 4차 항암이 기다리고 있었다. 컨디션도 좋고 백혈구 수치도 항암에 무리가 없어서 곧바로 진행할 수 있었다. 담당 교수에게 슬며시 "백두산에 다녀왔어요. 천지도 봤어요"라고 자랑했더니 교수님이 깜짝 놀라셨다. 교수님은 이내 "저는 백두산 한번 못 가봤어요"라고 하셨다.

다소 의기가 양양해진 나는 "백두산 진짜 좋아요. 교수님 꼭 가보세요!"라고 기세를 올렸다.
거지가 하나님을 불쌍해한다더니, 암 환자인 내가 의대 교수에게 훈수를 둔 셈 아닌가.

나는 백두산을 다녀온 암 환자였다.

방사선 치료 끝낸 기념,
베트남 방문

2015년 12월 24일, 30회 방사선 치료를 마쳤다. 7개월여에 걸친 항암 치료가 비로소 끝이 났다. 많이 무료하던 차였다.

마침 카톡으로 여행사에서 여행객 급모집 안내가 올라왔다. 29만 9천 원에 베트남 호치민을 가는 일정이었다. 별생각 없이 몇몇 사람에게 그 정보를 '전달'했더니 급 호감을 보이며 같이 가자고 했다.

후배는 아들과 딸을 데리고 간다며 영서도 같이 가자고 권했다. 둘째 아들 영서를 국민 짐꾼으로 임명하고 후배네 가족 셋, 우리 가족 둘, 선배 한 분 이렇게 일행 여섯이 베트남을 갔다.

몇 년 전, 모임에서 베트남 다낭 후엔을 다녀왔는데 베트남에 대한 느낌이 참 좋았다. 일 년 후 전북 PD 협회에서 지원해서 베트남 하노이, 하롱베이를 다녀오게 되었는데, 이번에 호치민을 가면 베트남의 북부, 중부, 남부를 고루 여행하게 되는 셈이다.

여행 일정을 보니 과히 힘들 것 같지 않았다.
'그래, 잘 적응할 수 있을지 한번 시험을 해 보는 거야.'
용기를 내어 항암 후 첫 해외여행에 나섰다.

베트남에 슬쩍, 해외여행의 가능성을 타진해 보았다.

저, 암 환자예요 /
I'm A Cancer Patient

공항에서 출국수속을 하면서 곤란한 일이 생겼다.

내 머리가 대머리여서 모자를 쓰고 있었는데, 검색대를 통과
하려면 모자를 벗어야 했다. 그 부분까지는 생각을 못 해서 조
금 당황했다.

여직원에게 작은 목소리로 "저, 암 환자예요"라고 실토를 했
더니 검색대 너머 다른 여직원에게 사인을 한다. 검색대 안쪽에
있던 여직원은 나를 불러, "모자를 체크해도 되겠느냐"고 물었
다. 흔쾌히 그러라고 했다. 엑스레이 봉으로 모자 위를 검색하
고 나서야 통과를 시켜줬다.

문제가 또 있었다.

자동출입국 라인에 서서 카메라가 확인하는데, 모자를 쓴 얼
굴이 인식되지 않는지, 두어 번 에러가 났다. 괜히 죄지은 것처
럼 뒤통수가 화끈거렸다. 마지막 문이 열리는 순간, 안도의 한
숨이 절로 나왔다.

암 환자는 몸만 피곤한 것이 아니라 세상사의 절차를 밟는 데
도 걸림돌이 많다는 걸 알았다.

암은 참, 불편한 것이었다.

　이후 필리핀, 오키나와, 싱가포르, 크로아티아 등지를 다녀올 때도 수없이 "I'm A Cancer Patient"를 고백해야 했다. 더 신뢰감을 주기 위해 모자를 슬쩍 들어서 민머리를 보여주기도 했다.

　다행히 모자를 홀랑 벗기는 수모(?)만은 겪지 않았다. 그 와중에 영어를 생각해낸 게 정말 기특했다.

　"I'm A Cancer Patient"

꿈같은 휴가

필리핀 수빅에서 어학원 현지 책임자로 일하고 있는 고등학교 단짝 친구 영란이가 여러 번 초청했다. 2015년 5월에 필리핀 클라크로 가는 비행기 표를 사놓고 4월에 암 수술을 하게 되어 부득이 취소했었다. 친구가 온다고 기대했던 영란이가 더 놀라고 당황했을 것이다. 옆에서 보기 안쓰러웠던지 남편이 항암 후에 수빅에 다녀오라고 비행기 표를 사줬다. 이번에도 보디가드로 둘째 아들 영서가 동행했다.

클라크 공항에 영란이가 마중 나와서 그녀가 일하는 곳까지 이동했다. 마침 방학이 끝나 한산한 편이어서 기숙사의 방 하나를 배정받아서 영서와 휴식을 취했다. 영란이는 과일과 간식을 넣어 주고 푹 쉬라고 했다.

"푹~ 쉬라"는 말이 너무 좋았다. 휴직 중이지만, 항암이라는 스케줄에 맞춰 나름 고군분투하고 있는 암 환자의 일상에 덧대어 휴가가 주어진 느낌이랄까. 이런 유형의 휴가, 얼마나 좋은가.

TV도 없는 방에서 '격렬하게' 아무 생각 없이 그냥 있었다.
참 평화로웠다.

영란이의 업무가 끝난 주말에 시내로 나가 유명하다는 현지 식당에서 점심을 먹었다. 망고 주스를 시켰는데 내가 이제껏 먹어본 주스 중에 최고로 맛있었다. 필리핀 국민 햄버거 '졸리비'도 사먹고, 마사지도 하고, 그렇게 놀러 다녔다.

다음날 '안바야 코브'에 가게 되었다. 골프장, 콘도, 빌리지가 있는 고급스런 리조트로 필리핀 상류층이 이용하는 곳이었다. 여기는 회원만 출입이 가능한데, 마침 한국인 교포 한 분이 우리를 초대해주었다. 이곳에서의 음식과 파인애플 주스는 정말 환상적이었다. 파인애플 주스만 먹고 한국에 돌아가도 수빅 여행의 본전은 뽑을 것 같았다.

마침 비수기인 듯, 입장객이 많지 않아서 그조차 우리에겐 행운이었다. 살랑거리는 바닷바람이 온몸을 감싸 안는 풀장에서 유영하는 달콤함이라니! 이거야말로 내가 바라는 최고의 휴가가 아니고 무엇이랴. 서늘하다 싶으면 햇볕을 쬐고 조금 덥다 싶으면 그늘로 숨어들어 햇볕과 숨바꼭질을 하다 보니 한나절이 훌쩍 지났다. 꿈같은 하루였다. 계획에 없던 '안바야 코브' 리조트에서의 하루는 최근 들어 내가 누린 가장 호사스런 휴가였다.

그 화락하기만 한 풀장에서 나는 암 환자인 나를 제대로 위무하고 격려했다. 지치지 말고 실망하지 말고 그냥 이 시절의 과정을 잘 받아들이자고 다독였다.

✳

암에게 일러주기

'보라, 얼마나 평화롭고 행복한 시간이냐.

네가 나를 위협하지 않으면

나도 너를 어쩌지 않을 터이니,

너 또한 나의 일부인지라

내가 누리는 기쁨과 행복 감정을 맘껏 공유하라.

이렇게 맛난 것 먹고,

좋은 것 보고,

인생을 즐기면서

차차로 오래오래 해로하자꾸나.'

'암에게

나 없으면
너도 없는 거,
알지?

그림 두 점

수빅 시내 Harbor point 몰에서 바기오 특산품을 파는 상점을 발견했다.

흥미로운 작품이 많아서 몇 번 드나들곤 했는데, 맘에 드는 그림이 더욱 발길을 잡아끌었다. 강렬한 힘이 느껴져 갖고 싶은 마음이 굴뚝같아졌다. 그 가운데 화려한 채색과 오일 페인팅, 두 점이 특히 눈길을 끌었다. 표현 양식이 전혀 다른데, 같은 작가의 작품이라는 것도 이채로웠다. 바기오에서 작품 활동을 하는 작가라고 했다. 수집의 개념보다 그림 자체가 마음에 무척 들어서 이틀을 고민하다가 결국 사기로 결심했다.

영란의 도움을 받아 구매하고 한국에 돌아와 액자를 해서 현관에 걸었다. 그림값보다 액자값이 비싼 것 같아도 그림 자체가 좋아서 매우 행복했다. 다행히 사람들의 반응도 좋아서 그림 감상하는 즐거움도 쏠쏠했다. 그림을 본 사람들이 에너지가 느껴진다는 반응을 보일 때가 제일 반가웠다.

언제 다시 바기오를 방문하면 이 작가를 꼭 찾아보고 싶다. 영란이가 내가 그림을 사는 것을 도와준 후, 수빅에 있는 큰 은행에서 같은 작가의 그림을 보았다고 전했다. 그전에는 보지 못한 그림을 내 덕분에 비로소 볼 수 있게 되었다며 나의 남다른 선구안을 치하했다.

필리핀에서 만난 그림 두 점으로 현관 출입 때마다 즐겁다. 바기오 출신 작가의 그림이 전하는 역동적인 에너지와 필리핀 수빅에서의 꿈같은 시절이 떠올라 힘이 붙는다.

투병하는 나에게 준, 안성맞춤의 멋진 선물이다.

오키나와 35커피

11년 전, 전북여성 네트워크 모임의 자문위원으로 위촉받아서 봉사했다. 각계에서 활동하는 12명의 위원끼리 호흡이 너무 잘 맞아서 임기가 끝나고도 사사로이 자연스럽게 모임을 형성했다. 모임 이름을 화려해和麗海라고 붙였는데, 화요일에 만난 고운 사람들이라는 뜻으로였다. 바다 해海를 쓴 이유는 바다처럼 넓은 마음을 갖고, 바다 밖을 지향하며 요즘 말로 글로벌한 미래사회를 꿈꾸고 가꾸자는 의미를 담자고 했다.

화려해에서는 매년 2월 22일에 투쓰리 프로젝트를 진행한다. 회원마다 각기 직장업무가 달라서 그나마 크게 겹치지 않는 2월 22일을 기점으로 여행을 떠나는 데, 2015년에는 오키나와를 다녀오기로 했다.

오키나와 여행 일정 동안 글라스 보트를 타고 바다 한가운데로 나아간 날이었다. 이상하게도 산호가 보이지 않았다. 바닷속 사막 같은 황량한 느낌이어서 "왜 이렇게 산호가 없을까?" 궁금해졌다. 환경오염 때문에 산호가 파괴되고 있기 때문일 거라고 짐작은 해보거니와 상황이 그렇게나 심각함에 얼핏 수긍이 가질 않았다.

1993년 6월 13일에 결혼하고 사이판으로 신혼여행을 갔을 때, 호텔 바로 앞에 있는 바닷가는 대여섯 발자국만 걸어나가도 산호가 천지였다. 스노쿨링을 하면서 들여다본 바닷속은 용궁이 따로 없을 정도로 황홀했었다.

2010년 인도네시아 코타키나발루에서 스노쿨링을 했을 때, 산호가 많이 죽어서 불과 10여 년 사이에 빠른 속도로 환경이 파괴되고 있구나 생각했는데, 오키나와는 더 심각했다.

호텔 식당에 '35커피'가 있었다. 가이드에게 "일본어로 산호가 산고인가요?" 라고 물었더니, 그렇다고 했다. 그렇다면, '35커피'와 산호는 어떤 연관이 있지 않을까? 아닌 게 아니라, 35커피는 '산고코히', 35는 산호랑 발음이 같다.

커피콩 로스팅을 할 때 나무나 전기, 가스를 사용하지 않고, 오키나와의 죽은 산호를 말려 사용한다고 했다. 커피 판매 수익금의 일부를 바다 산호를 보호하고 재생하는 데 활용하고 있다고도. 최근 산호 양이 격감해서 10년 전의 10분의 1 정도밖에 남아 있지 않다고 하는데, 35커피 총 매출의 3.5%를 산호 재생 프로젝트에 활용하고 있다고 부연 설명을 해주었다. 가이드가 "오키나와에 몇 번 와봤어도 산호와 35커피에 대해 알게 된 것은 처음"이라며 문제를 제기해 주어서 고맙다고 했다.

스트레스는 만병의 근원이다. 스트레스 때문에 사람은 암에 걸리고 병들었는데, 사람들이 가만 놔두질 않는 바다인들 온전할까.

죽어버린 산호가 사람 몸속의 암과 비슷하다는 생각이 났다.

아프지 않고 건강하던 오키나와의 바닷속은 어떠했을까를 마음
속 그림으로 그려보았다.

암, 우정의 가교?

아리스토텔레스는
'우정을 이루기까지는 많은 시간이 걸린다.'고 했다지.
어린 시절부터 쌓아온 우정이 쉰 줄 넘어
더욱 깊어가고 있는 것도 모자라
게다가 내가 암이라는 병에 걸리고 난 후,
친구들은 급속도로 결속 감을 다지며
서로 간의 단단한 우정을 확인하고 있어서
우정의 가교를 잇는 데
나의 암이
제법 크게 역할을 다하고 있다고
자부하고 있음이로다.

그녀들과의 여행 Ⅰ

나는 참 복이 많은 여자다. 이렇게 쓰다 보니, "나는 참 복이 많다"로 시작된 몇 편의 글이 떠오르지만, 그래도 아직껏 첫 문장을 그와 같이 시작하는 것에 물리진 않았다.

나는 나의 복 중에 친구 복 많은 것을 우선 자랑하고 싶다.

금옥, 진숙, 미라는 유독 학창시절부터 여행을 함께 다니던 친구들이다. 나와 진숙, 금옥은 초등학교 시절 KBS 남원방송국 어린이 방송을 전담하면서 더욱 친해졌고, 중학교에서는 내가 연대장을, 금옥이가 선도부장을 맡아 학교 간부로 활동하기도 했다. 전교 수석을 도맡았던 진숙은 그럼에도 소질이 있어서 미술부 활동을 하며 역시 미술대회의 상이란 상을 휩쓸던 미라와 가깝게 지냈다.

금옥이와 나는 남원여고 동창이 되었고, 진숙과 미라는 전주에서 같은 학교를 배정받아 역시 동창생이 되었다. 미라네 가족은 전주로 이사하였지만 진숙은 휴일이나 방학 때 자주 남원을 오르내렸다. 우리 집이 남원역 앞이어서 친구가 온다면 우리 집에 곧잘 모였다. 아랫목에 발을 묻고 온갖 수다를 떨곤 했다.

누군가 기차를 타고 여수를 다녀오자고 제안을 했다. 우리는 금세 실행에 옮겼다. 경비를 아끼기 위해 마가린과 딸기잼을 듬뿍 바른 옥수수빵을 챙겨 들고, 보온병에 프리마와 설탕을 진하게 탄 커피까지 챙겼다. 나하고 진숙 금옥은 새벽 기차에 몸을 실었다. 여수 오동도에서 해녀들이 갓 잡아낸 해삼과 세발낙지는 입에 대지도 못하고 우리는 달고 느끼한 토스트와 쓰고 진한 커피로만 일출을 영접하고 돌아왔다. 그렇게 시작된 우리의 여행은 대학에 진학해서도 계속되었다.

1학년 여름방학 때는 남원에서 익산, 서대전을 거쳐 대전역에서 부산 가는 기차를 갈아타는 기염을 토하며 부산 여행을 감행했다. 부산진역에 내렸을 때는 이른 새벽이었는데 우리처럼 밤차를 타고 온 젊은이들이 역 앞에 돗자리를 깔고 누워 아침을 기다리고 있었다. 모기가 어찌나 사납던지, 지금도 부산역 모기를 생각하면 온몸에 소름이 돋는다.

대학교 4학년 여름에 진숙이가 서울로 초대해서 미라와 합류하여 진숙의 자취방에 넷이서 모였다. 미라 어머니가 김치를 담가 보냈는데, 3박 4일 동안 미라네 김치 통만 붙들고 살다가 김칫국물까지 싹싹 쓸어 먹어 치웠다. 처음으로 과천 서울대공원에서 놀이기구를 타보았고, 현대국립공원 미술관도 구경했다. 경비 일체는 진숙이가 아르바이트해서 번 돈과 서울대공원 직원이던 진숙이 오빠의 협찬으로 조달했다. 진숙이가 다니던 서울대학교 교정도 둘러보고 하이힐을 신고 관악산을 활보하기도 했다. 그 후로 진숙이는 대학원에 진학했고 나는 신문기자, 금

⁘

옥과 미라는 중학교 교사가 되었다.

어느 해 겨울, 우리는 섬진강을 찾았다. 경남 하동의 여관방
은 차가웠지만 우리들의 수다는 뜨겁기만 했다. 어찌 지리산 천
은사까지 찾아간 것이었을까. 느닷없는 폭설로 발이 묶여 동네
어귀 작은 점방에서 시내버스가 들어오기를 기다리며 라면으
로 허기를 달래었다. 진숙이가 대학교수에 임용된 것을 기념하
며 아이들과 떠났던 남원 여행이며 광한루에서 금옥이 아들 재
원이가 그만 얼음물에 빠졌던 사건이며, 남원 양림 단지에서 아
이들과 썰매를 타고 놀던 추억도 고소하기 이를 데 없다. 아이
들이 중·고등학교에 진학하면서 함께 뭉칠 계기는 줄었지만, 가
끔 금옥이나 미라가 전주를 찾을 때면 한옥마을에서 짧은 전주
여행을 누리곤 했다. 몇 년간 아이들이 대학에 진학하는 동안은
각자 짧은 안부 전화로 근황을 전하며 지냈다.

드디어 금옥이가 큰아들에 이어 올해로 작은딸까지 대학진학
마무리 지었다며 자유를 선언하고 집결 통지서를 회부했다. 이
번에도 집결지는 전주 한옥마을이었다. 금옥이가 교사생활을
하면서 아들딸 뒷바라지를 헌신적으로 한 덕분에 두 아이가 명
문대에 입학했다. 그동안 자신을 돌보지 않고 오로지 아이들에
게 집중한 금옥이를 위로하고 축하하는 자리, 금옥이는 저녁 식
사 후 식당에서 내놓은 식혜를 두 사발이나 들이켰다. 식혜를

아주 많이 좋아한다고 했다. '아, 금옥이가 식혜를 좋아하는구나.' 그렇게 가깝게 더불어 지냈어도 50여 년 만에 처음 알게 된 사실이었다. 금옥이는 나물 반찬도 잘 먹었다. 진숙이는 하루 한 끼만 먹을 때가 많다고 했다. 밥맛도 없고, 밥 먹을 시간도 없으며 심지어 밥 먹는 시간도 아까웠다는 거였다. 누가 챙기지 않으면 굶기에 십상이었다고. 얼마나 바삐 살면 저랬을까 싶어 못내 짠했다.

미라는 생선을 싫어한다. 나도 생선요리를 그다지 좋아하지 않는 편인데 특히 생선 다루는 게 서툴고 더는 생선 비린내가 싫어서 집에서는 잘 먹지 않는 편이다. 미라도 그렇다고 했다. 남이 해주는 건 맛있다고 했더니 미라도 그렇다고 했다.

숙소로 돌아와 이부자리를 펴고 친구들에게 가져온 마스크 팩을 붙여주었다. 하나하나 마스크 팩을 붙이며 친구들 얼굴을 들여다보았다. 금옥이는 몇 년 전에 교통사고를 크게 당했다. 얼굴에 유리 파편 자국이 몇 개 남았다. 얼마나 큰 사고였는지 짐작이 갔다. 그때에 친구와 아픔을 함께 나누지 못한 게 미안쩍었다. 미라도 허리 수술을 했다고 했다. 큰 수술이었는데 문병 한 번 하지 못한 게 몹시 켕겼다. 진숙이는 얼굴이 윤기가 없고 푸석푸석했다. 학생들 가르치랴, 논문 쓰랴, 학교 사업하랴 등등으로 원체 분망한 생활상이 훤하게 드러났다.

나는 친구들의 얼굴을 조심스럽게 만져보면서 어린 시절부터 함께 했던 친구들의 과거를 드문드문 생각해냈다. 신기하게도 장면마다 '까르르' 웃음소리를 효과음으로 전해왔다. 어쨌거나 우리들의 과거가 매우 즐거웠던 모양 아닌가. 고즈넉한 전주 한옥마을에서 별들이 새벽까지 잠들지 못한 건 아마도 우리들의 옛날의 웃음소리 때문이었으리라.

40년간의 이야기가 샘이 마르지 않고 앞으로도 50년은 좋이 얘깃거리 풍성할 내 친구들. 누군가 "다리에 힘 풀리기 전에 우리끼리 해외여행하자"라고 제안했고 일제히 그러자고 뜻을 모았다.

'여행은 어디를 가느냐가 관건이 아니라, 누구와 함께하느냐가 더 중요하다'고 했던가.

그 오랜 세월, 한 번도 다투거나 갈등을 일으킨 적 없는 내 친구들. 여행을 통해 얻은 경험과 새로운 도전으로 늘 싱싱하고 건강한 기운을 북돋워 준 참으로 좋은 친구들. 봄풀처럼 싱그러운 그들과 함께해서 행복했다.

그녀들과의 여행 2
참 더디고 느리기만 한 나의 걸음

드디어 '그녀들'과 첫 번째 해외여행을 떠났다. 공교롭게 오키나와에서 돌아온 지 하루 뒤에 싱가포르로 출발하는 비행기 편이다. 오키나와에서 김해공항으로 입국했다가, 집에서 하룻밤 자고 이튿날 새벽에 인천공항 가는 리무진 버스에 몸을 실었다. 우연하게 일정이 이어져서 나도 걱정이 많았다. 주변 사람들이 "건강한 사람도 소화하기 힘든 여정"이라고 걱정을 보냈다.

'암에 걸려서' 더 서두르는 여행이기도 했다.

어떻게 해석을 해도 우리가 여행을 강행하는 이유는 "사은이가 암에 걸렸기 때문"이랬다. 나는 그러한 '그녀들'과의 여행이어서 절대로 마다치 않았다. 우리 인생의 남은 시간이 촉박한지를 누군들 알까마는…….
운 좋게도 비상구 쪽 좌석을 배정받아 다리를 쭉 뻗을 수 있었다. 가끔가다 이처럼 주어지는 뜻밖의 행운이야말로 내 인생에 주어진 큰 보너스일 터이다.

첫날, 미라가 풀어놓은 짐을 보면서 포복절도했다. 햇반에 각종 부식, 전기 쿠커까지 대동해온 것이었다. 전기포트보다 쿠커가 조리하기에 좋다며 그 무거운 걸 가방에 넣어 왔다. "사은이 잘 먹이려고" 챙겨온 것이랬다. 눈물이 찔끔 났다.

에어텔을 예약했는데 운 좋게 여행사에서 마리나배이 샌즈
호텔 프리미어 룸으로 업그레이드 해놓았다. 얼리 체크인하고
인피니트 수영장으로 달려갔다. 기분 좋게 수영하기에는 다소
쌀쌀한 날씨지만 세계적으로 유명한 인피니트 수영장에 몸을
담근 것을 행운으로 여기며, 우리가 언제 또 오겠느냐고 희색만
면들 했다.

연후에 맛있기로 유명하다는 칠리크랩을 먹으러 갔다. 우리
가 언제 또 먹어보겠느냐며 아는 것 다 시켰다. 한국에서는 꿈
도 꿀 수 없는 메뉴인데 이것저것 다양해진 식탁에서 친구들은
한두 점씩만 먹으며 자꾸 내 앞으로 이것도 저것도 밀어놓았다.
내가 "똑같이 돈 내고 왔는데 똑같이 먹어야지."라고 말하면 "아
녀. 사은이 많이 먹고 얼릉 건강해져라 잉~" 하면서 다시 맛있
다 싶은 음식 접시를 밀어주었다. 내가 위암에 걸린 게 아니어
서 천만다행이지 싶었다. 먹기를 좋아하는 내가 만약에 위암이
었으면 투병과정이 얼마나 더 힘들었을까. 갑자기 나의 유방암
에게 감사해야 하나 어쩌나 싶어지기도 했다. 배부르게 먹고 바
닷가를 산책하며 이구동성으로 "좋다, 좋다"를 외치다가 화제가
다시 내게로 향했다.

"이게 다, 사은이가 암 걸린 덕분이야."

그러나 나는 항암 후유증 때문에 여전히 걸음이 불편하고 쉽게 지치고 피곤해졌다. 친구들이 열 발자국을 걸으면 나는 대여섯 발자국으로, 그것도 쫓아서 갔다. 혈기왕성한 그녀들의 보폭과 체력을 따라잡기에는 역부족이었다. 내가 어느 순간부터 즐거운 여행의 리듬을 깨고 있었다. 친구들에게 미안해졌다. 그네들이 걸음 속도를 줄이다가 제자리걸음을 하다가를 반복했다. 되도록 친구들의 발걸음을 붙들지 않으려고 안간힘을 써보지만 암 환자의 발걸음은 참 더디고 느리기만 했다.

　　어느 순간, 친구들이 느린 걸음으로 나를 기다리고 있었다.

바다를 연주하는 오르간

십여 년 전, 인도와 네팔의 불교 성지를 취재하러 출장을 갔을 때 네팔의 현지 가이드가 한 말이 충격이었다. 한국에 가기 위해 부지런히 돈을 모으고 있다고 했다. 그는 "한국에 가면 무엇을 하고 싶으냐?"는 흔한 질문에 한 치의 망설임도 없이 "바다를 보고 싶다"고 말했다. 한국이라는 나라에 가서 먹고 싶은 것도 많고 가보고 싶은 곳도 많을 텐데 바다라니…….

전주에서는 자동차로 30여 분만 달려가도 쉽게 만날 수 있는 곳이 바다이지만, 인도와 티베트, 중국, 부탄, 방글라데시와 접해있는 네팔은 내륙국가로 바다가 없다. 네팔의 눈 맑은 청년이 '한국의 바다'를 언급하기 전까지, 부끄럽게도 나는 그런 사실을 인지하지 못했다.

하기는 네팔의 포카라에 들어섰을 때 눈앞에 우람하게 펼쳐진 안나푸르나의 만년설을 보면서 눈물 나게 감동했던 것을 떠올리니 우리가 에베레스트를 그리워하는 것이나 네팔 청년이 바다를 보고 싶어 하는 것이나 다를 바가 없을 것 같다. 네팔 청년이 바다에 가고 싶다는 간절함을 이야기해 준 이후로 나의 바다에 대한 관념이 많이 달라졌다. 바다는 자동차로 30분만 달리면 곧장 만날 수 있는 흔히 있는 곳이 아니었다. 네팔 사람들처럼 간절하고도 애틋하게 그리워지는 '경이롭고 환상적이며 신성한' 곳으로 변신을 한 바다였다.

복직을 앞두고 그해 마지막 여행을 떠났다.
　그리고 가장 아름다운 바다를 만나고 왔다.

　아드리아 해 동부에 있는 크로아티아가 TV 여행 프로그램에서 인기리에 방영되었다. 한국인이 가장 많이 찾는 여행지로 빠르게 부상한 나라가 되었다. 아드리아 해를 사이에 두고 이탈리아를 마주 보고 있는 형상인데, 아드리아 해를 따라 플리트비체 호수 국립공원, 스플리트, 두브로니크 등이 관광객들에게 큰 사랑을 받고 있었다. 그런데 정작, 크로아티아의 아름다움을 발견한 것은 자다르(Zadar)라고 하는 크지 않은 항구도시에서였다.

　자다르! 어쩐지 남해 몽돌이 자르르, 자르르 굴러다니는 듯하다. 그래서 자갈이 많은 곳이 아닐까 했는데, 그곳에 세계 최초의 바다 오르간이 있다. 바다 오르간이라고 하니 문득 미국 출신 영화배우 '홀리 헌터'에게 아카데미 여우조연상을 안긴 영화 〈피아노〉의 포스터가 떠오른다. 바다와 인적 없는 모래 위 그리고 파도치는 해변에 덩그러니 놓여 있는 피아노 한 대! 그 묵시적인 영화 포스터의 한 장면이 얼마나 오랫동안 바다에 대한 그리움을 품게 했던가. 바다와 피아노를 떠오르게 하는 강력한 이미지가 각인되어 '바다 오르간'에 대한 상상력은 더는 진전되지 않았다. 그렇게 바다 오르간에 대한 궁금증을 안고 그곳을 향했었다.

정작 그 바다에는 오르간이 없었다.

악기를 닮은 형체도 보이지 않았다. 그런데 가만히 몸을 낮추고 귀를 기울이면 뭔가 들려오는 소리가 있었다. 먼 동굴에서 아스라히 흘러나오는 것 같기도 하고, 가까운 내면에서의 깊은 울림 같은 그런 소리였다. 돌고래들이 교감을 나누는 음향 같기도 하고 아무 의식 없이 내뱉는 무심한 파도 소리 같기도 하며, 뱃고동 소리 같기도 하고, 유서 깊은 성당의 오르간 소리 같기도 한, 그런데 신기하게도 각각의 음이 모여서 완벽한 연주가 되고 있다. 그 신비롭고 황홀한 소리의 향연을 어찌 표현해야 할지……. 조화로움에의 충격을 안겼다.

바다 오르간은 니콜라 바시츠(Nikola Basic)라는 크로아티아의 천재적인 설치예술가가 2005년에 만들었다고 한다. 유럽 공공장소 설치예술상을 받은 만큼 이 지역 사람들의 자부심이 대단하였다. 바다 오르간이라는 이 신비로운 조형물은 바닷가 산책로를 따라 지름이 다른 오르간 파이프를 75m 길이에 걸쳐 수직으로 박아 만들었다. 파도가 철썩거릴 때마다 바람이 드나들며 35개의 오르간 파이프를 통해 각기 다른 음이 흘러나온다. 조형물이 설치된 계단에 앉아 바다 오르간의 연주를 들노라면 처음엔 신비롭고 황홀해하다가 오래 머물수록 자연이 만들어내는 환상의 연주 속으로 빠져들게 된다.

신선하고 독창적이다. 작가의 천재성에 감탄하고 결과물에 감동하지 않을 수 없다. 파도의 조류나 움직임에 따라 다양한 소리가 연주된다. 거친 날에 웅장한 음악을, 잔잔한 날에는 다정하고 부드러운 음악이 태어난다. 무엇보다 바다 오르간은 하루 24시간, 1년 365일 내내 연주를 멈추지 않는다. 이렇게 성실한 연주자는 일출과 일몰, 밤마다 다른 무대를 선보이며 입장료나 관람료도 받지 않고, 무상으로 연주한다. 이 얼마나 큰 공덕인가.

바다 오르간 계단에 앉아 할리우드 감독 '앨프레드 히치콕'이 "세상에서 가장 아름다운 석양"이라고 극찬했다는 저녁놀을 바라보았다. 한국에서부터 품고 온 모든 고민과 걱정, 고뇌와 내면의 아픔이 오르간 소리에 사르르 녹아 거품이 되어 사라진다. 아드리아 해 물 맑은 바닷물에 물감처럼 스르르 풀어진다.

그렇게 한동안 바다 오르간 연주에 심취해 있자니 나처럼 오랫동안 연주를 듣고 있는 한 가족이 보인다. 전형적인 슬라브족의 우람한 몸매를 지닌 아버지와 어머니, 그리고 막내딸로 보이는 소녀가 부모 사이에 앉아 아빠 엄마의 사랑을 독차지하려는 듯 꼼짝도 하지 않는다. 옆에는 두 아들이 든든하게 지키고 있다. 가족들의 깊은 사랑이 느껴진다. 이들은 자다르의 바다 오르간과 석양을 배경으로 오래오래 그 풍광을 음미할 모양이다. 바다를 사랑하고 음악을 아끼는 가족들의 모습이 더없이 아름답게 보였다.

바다를 연주하는 오르간의 풍경은 아름다운 가족이 있어서 더욱 완벽해졌다. 자연이 주는 선물에 겸손한 자세로 앉아 있는 가족들의 모습에 공연히 눈시울이 뜨거워지는데 어느 성당에선가 종소리가 울려온다.

연주하는 바다 오르간, 성당의 종소리 그리고 다정스런 가족들은 완벽한 그림이 되어 지금도 나의 뇌리에 남아있다.

✳

아름다운 서사시

바다는 음악을 만나고
사람은 바다를 만난다.
서로에게 스며들어서
서로 위로하고 치유하며 조화를 이루어
가장 아름다운 한 편의 서사시를 완성한다.
나 또한 바다 오르간에게 지친 마음을 다 내려놓고
오래오래 그리움의 속울음을 삼켰다.

5

나, 가거든

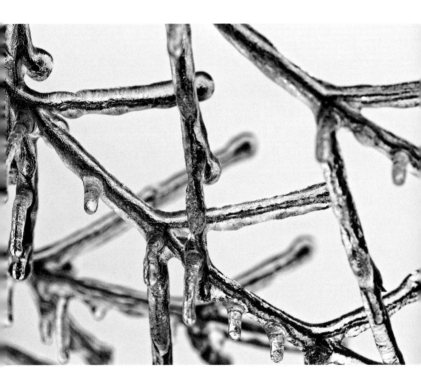

결혼식장에서

오랜만에 결혼식에 다녀왔다. 항암 중에 몇 건의 결혼식이 있었는데 봉투만 전달하고 참석하지 않았다. 지금은 외부 활동이 불편하지 않을 정도이고 더욱이 가까운 사촌 동생의 결혼이어서 기쁘게 참석했다.

결혼식장에 가면 내가 혼주처럼 가슴이 뛰고 주책없이 찔끔거려진다. 눈물이 가득 찬 것도 모자라 넘쳐흐르게 하는 오지랖은 병이다. 양가 어머니가 나란히 입장해서 촛불을 점화하고 돌아서서 하객들에게 인사를 할 때부터 슬며시 눈가가 촉촉해진다. 신랑 입장 때 가슴이 뛰고, 신부가 친정아버지 손을 잡고 입장할 때는 뭉클하다. 친정아버지가 딸의 손을 사위의 손 위에 얹고 돌아설 때는 친정아버지의 심정처럼 헛헛해진다(모든 친정아버지가 그런 마음일지는 모르겠으나, 암튼 내 심정은 그렇다).

양가 부모에게 인사를 하는 순서는 감정의 상승이 최고조에 달한다. 특히 신부 부모님께 인사를 올릴 때 왜 그렇게 눈물이 나는지. 신랑 신부와의 친소관계를 떠나 그 순서만큼은 친정어머니의 입장이 된다. 딸을 떠나보내는 친정 부모의 감정이 더 복잡하다고 생각하기 때문이다.

하기야 요즘 결혼 풍습을 보면 여자가 시집을 '가는' 게 아니라, 남자가 사위로 '들어가는' 경향이 많다. 요즘은 아들 가진 부모들이 더 섭섭해한다는 얘기도 듣는다. 그렇다면 이제부터는 신랑 측 부모 입장이 되어 애틋함을 없어야 하나? 아들만 둘을 둔 나는 종종 주위 사람들로부터 "결코 당신의 아들이 아니야. 어떤 여자의 아들을 양육하고 있는 거야!"라며 아들에 대한 일말의 기대도 하지 말라는 경고를 듣는다.

사실 내가 낳은 아들이지만 나의 소유라고 생각해 본 적이 없다. 요즘 세태를 보자면 여자들의 입김이 더 세진 것도 사실이다. 시집을 보내든, 장가를 가든, 어쨌거나 결혼식은 부모로부터의 독립이고 말 그대로 새 출발일 터이다. 부모 입장에서는 만감이 교차할 수밖에 없다.

아들과 며느리로부터 인사를 받고 며느리를 따뜻하게 안아주는 이모와 이모부를 보면서 문득 이런 생각이 들었다.

"에구~ 나, 두 아들 장가보내려면 오래 살아야겠네."

하지만 내 삶의 유통기한이 언제까지인지 나는 모른다.

우리 나이로 큰아들은 23살, 둘째 아들은 19살이다. 아직 대학 과정도 남아있고 그 어렵다는 취업의 문도 확실치 않다. 남편과 나는 아이들이 어느 정도 자립할 수만 있다면 빨리 결혼해서 가정을 이루는 것이 좋다고 생각해왔다.

출산과 양육의 문제도 중요하지만 요즘 젊은이들이 그 걱정 때문에 결혼을 미루는 것이 매우 안타깝다. 10년 안에 두 아들 모두, 좋은 동반자를 만나고 가정을 꾸린다면 좋겠다.

결혼식장에서 신랑 측 양가 부모의 자리를 지키는 것도 정말 중요하다. 남편 옆자리가 빈다면 얼마나 쓸쓸할까. 갑자기 그런 잡념들이 밀려오면서 눈시울이 뜨거워진다.

살아야 할 이유가 하나둘 늘어간다.

죽음과 두려움

친정어머니는 내가 암 수술을 한 후, "나보다 먼저 가지 마라"
라고, 자주 말씀하시곤 한다. 암 환자라고 해서 모두 암으로 죽
는 것은 아니지만 암 진단을 받았으니 죽음에 대한 체감온도가
훨씬 높아진다. 내가 암 수술을 안 했더라면 팔십을 바라보는
엄마와 오십줄의 딸이 티격태격하며 여느 모녀처럼 지냈을 터
인데, 어머니는 당신의 죽음보다 딸의 죽음에 더 극도의 공포감
을 안고 지내신다.

사실은 나도 죽음이 두렵다.

먼 훗날의 일처럼, 혹은 내 일이 아닌 것처럼 사전의 뒤쪽 페
이지에 슬쩍 숨겨 둔 죽음이라는 단어가 암 환자에게 일상이 되
고 만다. 어쩌면 죽음 그 자체보다 죽음에 이르는 과정을 두려
워하는 것 같다.

죽음의 세계를 나는 모른다. 하지만 죽음에 이르기까지 겪어
야 할 고통, 그리고 죽어가는 생명과의 이별의 과정을 이미 경
험했기에 그 아픔이 반복되는 것을 두려워하는 것이다.

도법스님은 죽음을 두려워하는 것은 관념이라고 하셨다. 죽
음뿐 아니라 우리가 부정적으로 생각하는 모든 관념을 경계하
라고 하셨다. 스님의 법문을 들으면 죽음이 한낱 단어에 불과했
다가도 일상으로 돌아오면 다시금 현실적으로 가장 풀기 어려

운 과제가 되고 만다.

하기야 필부匹婦, 범부들에게 생사만큼이나 큰 문제가 어디 있으랴.

종교방송에서 일하면서 생사법문을 자주 듣게 되었고, 그러다 보니 죽음과 가까워지기도 하여 좀 더 일찍 죽음을 준비하자고는 했었다. 논리적으로 설득할 만큼 많은 공부가 되어있지는 않으나, 죽음은 삶이고 현생은 과거의 연장이며 미래의 거울이라는 가르침을 수긍하고도 남는다.

과거를 알고 싶으면 현재의 내 모습을 보면 되고, 미래를 알고 싶으면 그 또한 현재의 내 모습을 보면 되리라. 돌담을 쌓으면서 돌 하나 놓고 삼세를 생각한다는 위인도 많았다.

지금, 여기, 나. 이들이 가장 중요하다고 여러 선사께서 누누이 이르셨다.

그럼에도 여전히 죽음은 두렵다.

암이 전이되지 않을까, 재발하지 않을까, 전이되거나 재발한다면 치료가 더 어렵다는데 그때는 어떻게 견디나? TV를 보다가 암에 대한 내용이 나오면 슬쩍 채널을 돌려버린다. 아직도 암에 당당히 맞서질 못하고 있는 것이다.

※

　두려움을 벗는다는 것은 암을 극복한다는 것이다. 병을 완치했다는 것이 아니라 암이라는 현실을 받아들이고 인간으로서 거쳐야 할 생로병사의 단계에 순응하며 차분히 준비하는 것이다. 이것이 암에 걸리기 전과 걸린 후, 내가 죽음을 받아들이는 차이점이다.

　전에는 '암'이라는 변수가 없었기 때문에 죽음을 좀 더 피상적이고 미화해서 생각했던 것 같다. 암에 걸리고 난 후로는 죽음이 목전으로 다가섰다고 할까. 그러나 그 또한 관념의 일종일 수 있다. 도법스님의 말씀처럼 모두가 관념이다. 관념을 벗어야 한다. 그러면 두려움에서도 살며시 벗어나게 될 거야.

다독임

나는 언젠가 죽는다.
그러나 지금 당장 죽는 것은 아니다.
아직 오지 않은 죽음을
미리 두려워하고 걱정할 필요는
아예 어디에도 없다.

어떤 죽음

10여 년 전, 인도·네팔을 다녀왔다. 100여 명 중의 일원이 되어 성지순례에 참가했다. 연로하신 어르신이 상당수였다. 가족들은 걱정하고 염려했지만, "부처님 나라에 언제 가보겠느냐"며 "죽어도 여한이 없다"고 기쁘게들 떠난 순례 길이었다.

버스로 하루 평균 8~9시간의 이동으로 피곤할 텐데도, 밤마다 법사님의 금강경 독해를 듣고 새벽에 좌선을 했다. 평상시에 공부하는 것처럼 여행길에서도 흐트러짐 없는 자세로 일관했다. 쉰이 넘은 어른이라도 젊은 축에 들었으니. 어쩌면 그 인도 여행에서 가장 나이가 어린 사람이 바로 나였을 것이다.

신심으로 나선 것이 아니라 취재차 동행한 것이어서 어르신들의 신실한 수행자세가 저리도 경이로웠을까?

며칠간의 여행이 이어졌고, 방금은 갠지스를 보기 위해 바라나시로 떠나는 기차여행을 기다리고 있었다. 기차가 언제 들어올지 모르는 채, 수많은 사람이 역사에 앉아서 기다리고 있었다. 망중한忙中閑의 순간이었다. 나는 직업의식을 발동해서 녹음기를 켜고 몇 사람의 인터뷰를 시도했다.

모두가 "행복하다"고 입을 모았다. 동생과 함께 왔다는 어르신은 "내 나이 벌모레 팔순인데, 언제 또 부처님의 나라에 와 보겠느냐"며 "밤마다 부처님 말씀 듣고, 낮에는 부처님의 발자취를 따라다니며 하루하루 정말 행복하다. 지금 죽어도 여한이 없다"고, 함박웃음을 지었다.

취재하는 나도 덩달아 행복했다.

기차는 밤새 쉬지 않고 달려 새벽녘에야 바라나시에 내려주었다. 갠지스 일출을 보고 기도식을 하기로 했다. 예약된 짐꾼들이 기다리고 있는 사이, 각자 자기 짐을 따라서 버스로 오라고 인솔자가 설명했다. 부지런히 짐꾼을 따라가는데 누군가 쓰러진 사람이 있다는 말이 전해지며 술렁댔다. 하지만 금세 수습이 잘 되었는지 다들 갠지스에 모습을 드러냈다.

세계 각지에서 모인 여행자, 순례자들이 가장 깊은 감명을 받고 돌아가는 곳, 갠지스에 해가 서서히 오르기 시작했다. 현지인들이 갠지스에 정성스럽게 몸을 씻고 있고 화장터에서는 연기가 솟아올랐다. 인도인들은 이 어머니의 강에서 목욕하면 자신이 지은 죄가 씻겨지고, 죽은 뒤 화장을 해서 갠지스 강에 뿌려지면 윤회에서 벗어나 해탈을 얻을 수 있다고 믿는다. 그야말로 삶과 죽음이 공존하는 공간이었다.

힌두교 인들은 갠지스에서 죽기 위해 평생 돈을 모아 갠지스로 온다고 했다. 부자는 아주 많은 땔감으로 태워지고, 가난한 사람은 모아둔 돈 만큼의 땔감으로 화장해서 강물에 띄워지는 내생을 준비하는 곳. 그들은 갠지스에서의 죽음의례를 가장 성

✺

스럽게 여겼다.

끝내 우리 일행 중에서 변고가 생겼다. 바라나시 기차를 기다리면서 인터뷰를 했던 어르신 한 분이 심장마비로 쓰러졌다. 병원으로 옮겼으나 소생이 어렵다고 했다. 수습할 몇 사람을 남게 하고 일행은 계속 일정을 이어 가기로 했다. 그나마 불행 중 다행으로 그가 큰 고통 없이 열반하셨고, 마침 그의 동생이 동행했기에 가족의 위임을 받을 수 있어서 모든 장례 절차를 원만하게 진행할 수 있었다.

인도에서 돌아와서 열반하신 어르신의 49재 소식을 들었다. 지인을 통해 내가 어르신을 인터뷰한 것을 보았는데, 혹시 육성이 남아있는지 알아봐 달라는 연락이 왔다. 마침 녹음테이프를 버리지 않은 상태라, 수십 개의 테이프를 되돌려 들어보니 고인의 육성이 남아 있었다. 방송되지 않은 부분까지 편집했다.

"내가 낼모레 팔순인데, 나이가 많으니까 우리 애들이 말렸거든. 그래도 지금 아니면 언제 부처님 나라에 가보겠냐, 내가 우겨서 왔다니까. 동생도 같이 와서 더 좋고, 밤마다 금강경 들으면서 부처님 말씀 듣고, 낮에는 부처님 발자취 따라다니고. 하루하루가 정말 행복해요. 지금 죽어도 여한이 없다니까……."

고인의 목소리에 생동감이 있었고 진심으로 행복해하는 마음을 전했다. 특히 "지금 죽어도 여한이 없다"는 부분에는 단호함마저 깃들었다. 가족들은 어머님이 타국에서 갑작스럽게 운명하셔서 모든 것을 예비하지 못한 이별 앞에 슬픔이 컸고 임종을 지키지 못한 죄책감으로 엄청 슬펐다고 술회했다. 내가 전해준 녹음 CD를 통해 어머니의 육성을 들으며 위안을 받고, 무엇보다 어머님의 여행이 참으로 행복했음을 납득했다. 특히 "죽어도 여한이 없다"는 부분에서 많이 울었다고 했다. 슬픔과 죄책감에서 벗어나 진심으로 어머님의 행복한 죽음을 수긍하고 인정하며 편하게 보내드릴 수 있었다.

고인은 갑작스럽게 이국에서 가족들을 떠났지만 크게 복을 받은 분이라고들 했다. 평소 신앙생활을 잘하고 생사공부를 잘해서, 부처님 나라에서 고통 없이 생을 마감하고 왕족들이 사용하는 제일 좋은 화장터에서 충분히 잘 모시지 않았는가. 죽음의 길을 떠나는 분으로서 가장 완벽하게 죽음을 맞이한 것이라고. 어머니를 편안하게 보내드릴 수 있어서 진심으로 고맙다는 인사를 유족으로부터 전해 들었다.

나는 그 죽음을 오래 기억할 것이다. 평소 덕을 많이 쌓으면 죽음 길도 저렇게 아름답게 닦을 수 있구나. 마이크 앞에서 함박웃음을 짓던 어르신. 그분의 덕스런 표정과 넉넉한 미소를 기억하려고 한다. 인터뷰를 거절하지 않고 육성을 남겨주신 덕분에 남은 가족들에게 큰 위안을 주었다. 그 고인의 가족들에게 작으나마 중요한 선물을 전해드릴 수 있어서 나 역시 보람이 컸다. 법연 따라 극락왕생하셨으리라 믿는다.

참 아름다운 죽음이었다. 언제 한 번 다시 갠지스에 가서 어르신의 함박웃음을 뵙고 안부를 여쭈어 볼 수 있으면 좋겠다.

갠지스 그 깊은 눈빛

어느 여배우는 죽기 위해 갠지스에 갔다가
갠지스에서 살아갈 희망을 얻었다고 했다지.
갠지스에선 삶과 죽음이 혼돈스럽지 않아.
살기 위해 죽고, 죽어야 다시 산다는 것을,

위대한 어머니는 깊은 눈빛으로 말하지.

✽

잘 살기는 잘 죽기

잘 사는 것보다
잘 죽는 것이 더 어렵고
그래서 잘 죽는 경우가
참 귀하다고들 해.

잘 살면
잘 죽는다고들 하지만······.

참말로 잘 죽으려면,

사는 동안
어마무지하게
공덕을 쌓아야겠지 싶어.

이런 죽음을 맞이하게 하소서

    정식으로 유언장을 작성하지는 않았지만 살면서 순간순간 '나 죽을 때 이러저러했으면 좋겠다'는 바람은 있었다.

    우선, 죽음을 맞이하는 순간은 짧았으면 좋겠다. 가장 축복받은 죽음은 심정지라는 말도 있다. 가족들의 충격과 슬픔은 크겠지만, 본인으로서는 가장 편안한 죽음이기 때문이다. 그래서 평소 주위 사람들과 죽음에 대한 이야기를 자주 나누는 것도 좋겠다. 죽음에 대한 이야기를 '재수 없는 말'이라고 혐오하지 말고, 일상적인 대화로 주고받는다면 죽음에 대한 소원함도 자연스럽게 줄어들 것이다.

    병으로 죽는 것 말고도 굶주림, 추위, 불안감, 전쟁, 고문, 교통사고 등 죽음의 경우는 무수히 많을 것이지만, 기도하거나 명상하듯이 가장 온전하게 죽음을 맞이할 수 있으면 좋겠다. 수도 정진하는 법 높은 어른 중에 스스로 곡기를 끊고 죽음을 준비하고 받아들였다는 예화도 심심찮게 전해진다. 한 어르신은 만세 삼창을 하고 곧바로 열반에 드셨다고도……. 그리 편안하게 죽음을 맞이하기 위해 얼마나 깊이 정진하고 수도를 해야 했을까.

    남겨진 가족들에게 경제적 부담을 주지 않았으면 좋겠다. 시신의 보존을 위해 추가로 돈이 들어가지 않고 송사에 휘말리지 않아야겠다. 내 죽음으로 갈등이 남겨져서는 안 되겠지. 다른 이유로 억울함을 당하지도 않아야겠다. 죽는 순간 못다 푼 원망으로 죽음 길을 터덕거리면 어쩌는가.

단순히 목숨을 연장하는 연명 치료는 거부하고 싶다. 가족들이야 최선을 다해 살리고자 하겠으나 억지 없는 삶에 순응하는 것이 아름답다. 일찌감치 가족들에게 이러한 사실을 주지시키고 납득케 하여 "좀 더 적극적인 치료를 하지 않아서 죽음에 이르게 했다"라는, 죄책감으로부터 자유롭게 해주리라.

나의 가족들은 지금까지 충분히 나를 사랑해주었고 최선을 다해 우리들의 가족관계를 원만하고 화목하게 유지해왔으며 그로 인해 이생에서의 행복을 충분히 만끽했다. 보람도 누릴 만큼 누렸으니 이생을 최고의 선물로 생각하고 있다. 인간이기에 죽음 앞에 서면 혹 일말의 아쉬움을 말하게 될지 모르겠으나 나에게 주어진 삶의 기간 내내 감사했고 지금 이 순간도 오직 감사의 기도를 올린다. 그러니 연명 치료를 하지 않아서 삶의 순간이 줄어들었다고 생각하지 않기 바란다. 나는 지금까지도 충분히 행복했다.

죽음에 대한 바람을 기도 제목을 정하고 기도하다 보면, 순간의 삶에 최선을 다하고 빛을 더하게 할 것이다. 열심히 기도해야겠다.

아무것도 해준 것이 없는데

    호소다 마모루 감독의 〈늑대 인간〉 애니메이션을 보았다.
    주인공 하나가 눈 오는 날 태어난 딸 '유키'와, 비 오는 날 태어난 아들 '아메' 두 아이를 데리고 자연으로 돌아가서 살았다. 자신의 정체성을 고민하던 아들이 산 속으로 들어가기를 결심한다. 엄마를 남겨두고 산으로 떠나는 아들을 바라보며 하나는 외친다. "너에게 아무것도 해준 것이 없는데, 이렇게 가면 안 돼!"라고. 그러나 사람의 나이 열 살, 늑대의 나이로 어른에 접어든 아메는 그렇게 엄마 품을 떠나 자신의 길을 찾아 떠났다.

    나는 영화 속 엄마의 절규를 듣고 나를 돌아보았다. 영화에서 하루는 엄마로서 남매에게 너무나 희생적이고 완벽한 엄마였다. 아이들을 존중하고 아이들의 뜻을 펼칠 수 있도록 그녀가 할 수 있는 모든 일에 최선을 다했다. 그렇게 엄마로서 10년 동안 지극정성으로 아들을 돌본 것도 모자라 "너에게 아무것도 해준 것이 없다"라는 외침이었으니 당연히 나의 귓가를 오랫동안 맴돌 수 밖에다.

    문득, 내 아들들이 독립된 삶을 선택하기 위해 먼 길을 떠난다면, 나도 하루처럼 그런 마음일까를 생각해본다. 두 아이가 자라는 동안 '엄마로서 온 힘을 다했나' 하는 반성을 해본다. 아이들 생각에 저절로 눈물이 난다. '잘해준 것도 없는데' 아픈 엄마가 되어서 걱정만 끼치는 게 마음이 아프다.

든든한 큰아들, 고마워!

큰아들 조현범은 태어날 때부터 예뻤다. 대여섯 살 무렵, 데리고 다닐 때도 예쁘다는 소리를 자주 들었다. 학교 성적이 상위권은 아니지만, 꾸준히 성적을 올려서 대학에 무난히 합격했다.

현범이가 휴학하고 W대학병원에서 아르바이트를 할 때, 퇴근 시간에 맞춰 현범이를 데리러 가곤 했다. 어느 날, 퇴근 시간이 지나도 나오지 않아 한참 기다렸는데, 화장실에 다녀오느라 늦었다고 했다.

"퇴근 시간 전에 미리 다녀오지 그랬어?"라고 말했더니

"근무 시간을 잘 지켜야 한다"고 말해서 좀 어이가 없었다.

6시 퇴근이면 5시 50분쯤 업무를 마무리하고 퇴근 시간을 기다리는 사람도 많은데, 6시까지 근무시간을 채우고, 개인적인 볼 일이기에 그 후로 용변을 미뤘다는 것이었다. 아들의 그 바른 생각과 실천이 직장인으로서의 나를 돌아보고 반성하게도 했었다.

입대를 앞두고 자동차 학원에 등록한다고 돈을 달라고 했다. 오래 걸리지 않고 자동차 면허를 취득해서 운전병으로 입대했다. 무난히 군 생활을 마치고 2015년 6월에 전역해서 마음이 놓였다. 아프고 바쁜 엄마를 대신해서 전역 후 설거지와 청소, 밥 짓기를 도맡아 해주었다.

다소 내성적이지 않을까 걱정했는데, 중·고등학교 친구들이 한꺼번에 7~8명씩 집으로 들이닥쳤다. 우정을 돈독하게 유지하며 지

낸다. 사춘기라고 요란해본 적 없고 지금도 무슨 일을 부탁하면 "예" 하고 받아들이는 순종적인 아이다. 약간의 고집은 있지만, 고집을 부리는 나름의 이유가 있기에 의견을 존중해 주면 곧바로 타협한다.

운전학원 등록비 말고는 티셔츠나 바지, 운동화 한 벌 사달라고 조른 적이 없었다. 고등학교 때는 운동화 한 켤레로 일 년을 지낸 적도 있었다. 신발 사게 같이 쇼핑가자고 해도 지금 신고 있는 것도 성성하다며 손사래를 치기 일쑤였다. 같은 또래 아이들이 명품이나 한정품에 꽂혀서 수집한다는 말을 들었을 때 우리 아들이 참 효자구나 생각했었다. 고등학교 1학년 때까지 휴대전화가 없었는데, 담임선생이 "우리 반에 현범이만 전화가 없다"고 말씀하셔서야 겨우 사줄 정도였다. 무엇을 사달라고 조르지도 않고 대부분의 경우 고집을 피우지도 않았었다.

내 아들이지만 성품이 참 온화하고 속이 깊다. 성실해서 무엇을 맡겨도 잘해낼 것으로 믿게 된다. 복학을 앞두고 있으니, 인생의 목표를 설정하고 그 목표를 향해 부단히 정진할 것이다. 스스로 원하는 방향으로 삶을 꾸려갈 터이다. 언제나 든든하고 믿음직한 우리 큰아들이 부디 파이팅하길 바랄 뿐이다.

딸 같은 둘째 아들

아들이 둘이라고 하면 남들은 안됐다고 위로하지만, 솔직히 딸 가진 부모들이 그리 부럽진 않다. 우리 집에는 딸 노릇을 하는 둘째 아들 영서가 있기 때문이다.

영서로 말하자면, 세상에 둘도 없는 개구쟁이였다. 집에 있는 가전제품을 모조리 부숴 먹은 게 불과 10여 년 전의 일이다. 텔레비전을 하도 심하게 흔들어서 넘어뜨리는 바람에 브라운관이 깨졌고, 냉장고 문짝에 매달려 타잔 놀이를 하다가 두어 개째 바꿔야 했다. 문짝만 교체하려니 그 수리비용이나 새로 사는 것이 큰 차이가 없었다. 엉뚱하기 그지없지만, 워낙 애교가 많은 덕분에 크게 화를 낼 수도 없게 만든다.

컴퓨터 게임에 빠져서 산 것 말고는 사춘기를 무난하게 보낸 것 같다. 키가 크고 피부도 좋았는데, 고1 때부터 컴퓨터 게임에 전력질주 하느라고 뺑튀기처럼 체구가 커졌다. 남원에 있는 남원 국악예술고등학교 방송연예과로 진학했는데 새벽 6시에 일어나 새벽 6시 30분에 집을 나서야 했다. 신통방통하게도 3년간이나 통학을 하는데도 아무 지장이 없었다. 아빠·엄마 몰래 새벽까지 컴퓨터 게임을 하고 주로 학교에서는 잠을 잤다. 그 사실을 알고 있었지만, 남편은 뜻밖에 관용적이었다. '철들 때'를 기다리자, 했다.

학교 선생님들도 영서가 착하다고 하셔서 일단은 안심됐다. 3학년 내내 컴퓨터 게임으로 시간을 보냈으나 그거 말고는 손톱만큼도 부모 속 썩인 게 없었다. 제 형이 군에 입대하고 제 엄마가 암 투병을 할 때엔 아침저녁으로 나를 꼭꼭 챙겼다. 설거지와 청소를 도맡아서 했다. 엄마의 병간호를 잘한다고 아빠한테 칭찬을 받고 휴대전화까지 하사를 받았다. 어른들과의 교감에 더 능숙하고 미묘하게도 처한 곳의 분위기를 유쾌하게 이끌어내는 재능을 발휘했다.

영서가 초등학교 1학년 때 맹장 수술을 했다. 남편이 자료를 가지러 잠깐 집에 들렀다가 혼자서 끙끙 앓고 있는 영서를 발견하고 병원에 데려가서 수술을 받았다. 조금만 늦었더라면 복막염이 될 뻔했다. 나는 익산으로 출근하니까 집만 나서면 집에서 무슨 일이 일어나는지 깜깜하다. 직장이 전주라면 아이들에게 무슨 일이 생길 때마다 잠깐이라도 들러 도움을 줄 수 있었을 텐데, 그런 점을 늘미안하고 안타깝게 여겨왔다. 남편이 전주에서 근무하니 그나마 숨통을 터주어서 요행이었다.

중학교 때 학교에서 놀다가 손가락이 부러져 깁스를 한 일, 그리고 최근에 자전거 타고 헬스장 다녀오다가 넘어져서 얼굴에 타박상을 입었고 손목이 금가서 깁스를 했다. 그런저런 몇 가지를 제외하고는 무난하게 지냈다. 걸핏하면 이런저런 사고로 학교에서 오라가라 한다면 그 또한 기막힐 일일 터이다. 그야말로 눈뜨면 학교에 가고, 해 떨어지면 집에 돌아오고 그렇게 탈 없이 집과 학교를 잘다녀준 것이 얼마나 고마운 일인가.

집에서 무슨 일이 생길 때마다 영서를 부르는데, 영서는 "예" 하고 달려와서 곧잘 해결한다. 고등학생의 체면에는 구애받지 않고 외가에서 김치며 고구마 같은 무거운 것을 곧잘 실어 나른다. 새벽 근무에 나서는 엄마를 위해 기꺼이 보디가드를 자청하기도 하는 착한 아들이다.

이제 영서도 대학 진학을 목전에 두고 있다. 시간을 허비하지 않고, 목표를 잘 세워 정진했으면 한다. 가족에게만이 아니라 세상에서도 꼭 필요한 사람으로 자라기를 거듭 빌어본다.

아빠는 아들의 멘토

우리가 어렸을 때는 사실 멘토에 대한 개념이 거의 없었다. 부모들은 그저 먹고사는 일에 바빴고 형제자매는 각자의 가야 할 길에 바빠했었다. 그러나 누가 누구에게 멘토가 되어 준다는 것은 참 멋진 일이다. 멘티의 삶을 바꿔주는 일이기도 하니까.

나는 남편이 아들들에게 좋은 멘토라고 생각한다. 그 부분이 내가 남편에게 가장 큰 점수를 주는 항목이다. 우리가 젊었을 때는 부모 노릇 하기 서툴던 시절이 있었다. 그렇지만 어느 순간부터 남편은 두 아들에게 참 좋은 아빠가 되어 주었다. 두 아들의 성장 과정에 든든한 정신적 지주가 되었고, 두 아들의 진로와 입시문제를 원만하게 조율했다.

남편은 현범이가 제대하고 얼마 되지 않아 현범을 데리고 백화점에 갔다. "제대한 직후 입을만한 옷이 없다"며 그야말로 머리부터 발끝까지 쫙 빼서 입혔다. 남편은 자신이 제대하고 돌아왔을 때를 잊지 않고 있었다. 넉넉지 않은 집안 살림에 누구 하나 티셔츠 한 벌, 구두 한 켤레 마련해준 게 없어서 마음에 깊이 걸렸던 모양이었다. 현범이가 좋아하는 기색을 여실했기에 내 마음도 뿌듯하기만 했다. 역시 남자 마음은 남자가 더 잘 안다는 사실을 알았다.

우리 집에서의 아빠와 아들을 보면, 아들에게 아빠가 얼마나 대단한 존재인지를 거듭거듭 확인하게 한다. 내가 없더라도 세 남자가 알콩달콩 잘도 살아갈 것 같았다.

　평균 키 183㎝, 아빠와 두 아들이 지나가면 농구단 만들어도 되겠다는 덕담으로 이어진다. 아들들에게 돼지고기 두루치기를 만들어주는 아빠, 밤늦게 TV 보다가 비빔국수를 맛있게 차려주는 아빠, 아이들은 그 구수하고 다정한 시간을 오래오래 기억할 것이다. 나에게 행복을 충전해주는 그 순간순간을……

　부자가 어울려 신명을 내고 있는 정경은 때마다 나를 풍요라는 단어 앞에 세워주었다.

칫솔

마모되고 벌어진
남편의 칫솔을
새것으로 바꾸어 놓는다.

나 죽으면,
이 남자
칫솔이나
제때 제때
바꾸면서
살아갈랑가 몰라.

내 마지막 날에

가수로 활동하고 있는 대학 후배 김대훈 씨가 방송국에 음반을 놓고 갔다. 요즘 인기를 구가하고 있는 '비가 온다'라는 타이틀곡에 이어 가슴 뭉클한 노래를 만났다. 우리 집 꿀단지 OST라는데, '내 마지막 날에'라는 노래다. 요즈음의 내 마음이 고스란히 담겨있었다.

인생아, 고마웠다
사람이 나를 떠나도
세상이 나를 속여도
내 곁에 있어주어서
인생아, 고마웠다
사랑이 나를 떠나도
그것은 내 몫이라고
나에게 말해주어서
인생아, 나 부탁을 한다
나 두 눈 감는 날에는
잘 살았다고, 훌륭했다고
그 말만 해주라
눈물이 많은 삶이어서
고생했다 말해주라
-중략-
나 두 눈 감는 날에는

잘살았다고 훌륭했다고
그 말만 해주라
눈물이 많은 삶이어서
고생했다 말해주라
배운 게 많은 삶이어서
아름답다 말해주라
인생아, 고마웠다
인생아, 내 인생아
참 고마웠다. 인생아, 사랑한다
인생아, 사랑한다.
- 김대훈 노래 '내 마지막 날에' 가사 중에서

어떻게 살면, 내 마지막 날에 '잘 살았다'고, '훌륭했다'고 내 인생으로부터 칭찬받을 수 있을까? 내 마지막 날에 '잘 살았다'고, '훌륭했다'고 그렇게 웃으며 기뻐할 수 있기만을 오롯이 기도한다.

눈

좋은 책 읽게 해주고
멋진 풍광 보여주고
수많은 감동을 보게 해준
눈에게 감사

좌우 시력 0.4, 0.7
게다가 노안까지 겹쳤지만
지금껏 잘 볼 수 있게 해준
눈에게 또 감사

귀

좋은 소리 듣고
아름다운 음악에 감동하고
시비 이해 가릴 수 있게 해준
귀에 감사

코

숨 쉬고
냄새 맡고
삶을 지탱해준
코에게 감사

더욱이
얼굴 한가운데 우뚝 서서
용모 지탱해주고
잘 생겨주신 **복코**에 감사

입

맛있는 음식을 먹고
사람들과 소통하게 하고
숨 쉴 수 있는 공간을 확보해준
입에 감사

몸

구석구석 피가 통하게 하고
튼튼한 뼈로 몸을 받쳐주고
끊임없는 자가 진단과 조절로
걷고 뛰고 앉고 서고
불편함 없이 이끌어준
장기와 몸에 감사

정신

바른 뜻을 알고
바른 뜻대로 행하고
바르게 뜻을 펼칠 수 있도록
분별하게 해준 온전한 정신에 감사

선물

암은 해원^{解冤}이다.
묵은 원한
무거운 빚
훌훌 털어버리는 해원^{解冤}이다.

암은 해방^{解放}이다.
지친 몸을 보살피고
옥죄인 마음으로부터
진정한 자유를 누리는 해방^{解放}이다.

저 세상에서 부르시면
훌훌 털고
가볍게 떠날 수 있게

적공
또
적공

암의 선물이다.

✳

하늘나라에서도

이승에서의 50여 년이 차지고 복됐다.
죽어도 여한이 없도록 더 잘살아야겠지만,
지금 죽어도 하늘나라에서 반가이 만날 사람 많으니
외롭지는 않겠다.

6

다시, 힘을 내어라

복직, 첫 출근

1년여에 걸친 휴직을 마감하고 다시 회사로 돌아왔다.

암 진단 이후 수술과 항암, 방사선 치료, 그리고 후속 치료와 약간의 회복기까지 딱 1년을 쉬었다. 치료하느라고 일을 놓았지만, 복잡하고 심란한 항암 과정을 끝내고 나니 지난 1년이 꿈같이 아련하다. 감당하기 힘든 순간도 많았겠지만 지금 생각하면 희부연 기억으로 잔상殘像조차 아득하다. 누군가가 '지나간 것들 모두는 아름답다'고 했던가.

고통은 짧고 희열은 강렬하다.
그리하여 흘러간 세월이 '추억'으로 포장된다.

어느 날부터인가 '병가'가 '휴가' 같고 매일매일 공휴일의 연속선상이었다. 어떤 선배는 나에게 "암 투병도 이벤트같이 즐기는 사람"이라고 말했다. 어쩔 것인가. 피할 수 없으면 즐기라는 말이, 투병鬪病 기간이라고 달라질 것은 없으려니 감수해야지. 즐길 수만 있다면 즐기기도 해야지. 그렇게 1년을, 전라도 말로 '오지게' 놀았고 '꼬숩게' 즐겼다.

1년 만의 출근길은 조금 낯설다. 도로 좌우로 건물이 들어서고 조경이 바뀐 곳도 있다. 마치 첫 출근인 양 사뭇 설레고 긴장됐다. 방송국 주차장에서 출판사에 근무하는 후배를 만났다. 멀리서부터 반갑게 뛰어오는 그녀 모습이 풋풋한 소녀 같았다. 방송국 건물 1층 상점이 매장 리모델링 공사로 출입구도 바뀌었다. 1층 판매원 언니가 나를 보더니 문을 활짝 열어주며 반겨준다. 이렇게 지극한 환영 기류 속에서 첫 출근을 시작하니 어찌 뿌듯하지 않을까.

직원들의 반기는 몸짓도 이루 말할 수 없는데 무엇보다 나를 감동시킨 것은 잘 정돈된 나의 책상이었다. 오랜 시간 비워둔 책상인데도 세월의 경과를 실감할 수 없을 만큼 청결하고 정갈했다. 사장님이 여러 번 살피셨다고 직원 하나가 귀띔해주었다. 오랫동안 책상을 비우면 책상이 없어진 곳도 있다는데, 자리를 지켜주고 이렇게 반짝반짝 윤이 나게 닦아준 사장님과 직장동료들이 고맙기 그지없었다.

내가 지금의 직장에 첫 출근을 했을 때가 떠오른다. 새 사람 온다고, 책상도 의자도 새것으로 준비해서 맞이해주던 그 따뜻함이 내 마음속에 되살아났다. 아, 그러고 보니 참 오랫동안 잊고 지내온 첫 출근의 감동이다.

휴직을 마치고 복직하면서 나는 '첫 출근'했을 때의 가슴으로 다시 시작하자고 다짐한다. 나를 '받아 준' 고마운 일터에서 설렘과 긴장감으로 나를 곧추세우고, 기쁨과 감동을 주는 '일들'을

엮어내자고. 나에게 내어준 책상을 직장의 유익함으로 채우고,
주변을 훈훈하게 밝혀가는 결 고운 사람이 되자고…….

첫 출근의 추억

돌이켜보면 나의 첫 출근은 늘 축복이었다. 대학교에 입학해서 제일 먼저 찾아간 곳이 대학신문사였다. 높은 경쟁률을 뚫고 대학신문사 기자가 되어 '기 센' 선배들로부터 신입생 축하의식을 호되게 당하기도 했지만, 나의 직장생활의 기본은 바로 거기에서부터 시작되었던 것 같다.

기사 쓰는 법과 인터뷰하는 방식 등 기자 실무는 물론, 위계질서와 조직생활에 적응하는 훈련도 대학교 1학년 때부터 이뤄졌다. 대학신문사에서 고정적인 월급과 원고료가 지급되어서 학교생활에 큰 도움이 되었다. 그때에 '제3세대 한국문학' 전질을 할부로 구입했고, 그 책들을 꽂을 원목 '보르네오' 책장도 장만할 수 있었다. '인켈' 미니 전축을 구입했고, 음반도 하나씩 하나씩 구입하여 마음의 재산을 늘려갔다.

학생 신분이었지만 근로를 통해 그에 따른 대가를 받았으니 나에게는 대학신문사야말로 나의 '첫 출근처'였다 해도 과언이 아닐 듯하다. 학생회관 대학신문사 창가, '문화부' 팻말 아래의 책상에서 열심히 원고를 쓰고, 줄 금을 그어가며 편집을 하던 20대의 내가 스쳐 지나간다.

대학을 졸업하고 일간신문사의 기자가 되어 첫 출근하던 감회도 새롭다.

5㎝ 굽 높이의 빨간 구두를 신고 엄마가 사주신 스커트 정장을 입고 출근했었다. 탁 트인 편집국 빽빽한 책상 사이사이로 번질나게 전화벨이 울렸다. 유독 사회부와 정치부, 편집부 팻말 아래는 담배 연기가 모락모락 피어올랐다. 왜 그렇게들 담배를 피워댔는지…….

　정치경제부 벽 쪽 두 번째 책상이 내 자리였어. 원고를 쓰다 글이 막힐 때 사회부로 눈길을 보내다가 문화부를 건너 저 건너 편집부를 바라보면, 리드를 뽑다 뒷목을 두드리며 기지개를 켜던 K 기자와 눈이 마주치기도 했다. 그의 싱그러운 웃음이 30여 년 흐른 지금도 눈에 선하지 뭔가.

　나에게 일할 기회를 주고, 경험의 장을 제공하고, 일하는 보람을 일깨워주고, 의식주를 해결하게 해 준 일터처럼 고마운 공간이 또 있을까. 무엇보다 '좋은 사람들'을 만나 그들을 통해 더욱 가치 있는 삶을 지향하게 해주었다. 첫 출근이야말로 내가 쓸 수 있는 내 인생 역정의 산 증거였다.

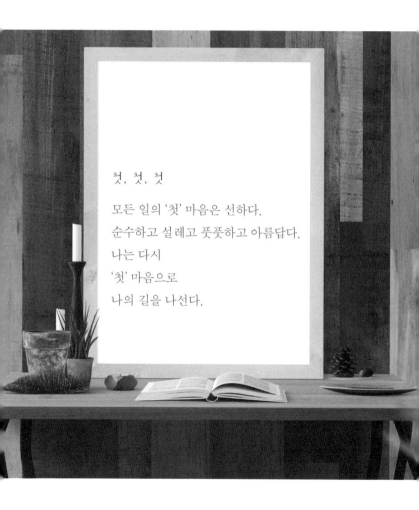

첫, 첫, 첫

모든 일의 '첫' 마음은 선하다.
순수하고 설레고 풋풋하고 아름답다.
나는 다시
'첫' 마음으로
나의 길을 나선다.

애마^{愛馬}야, 달리자꾸나!

오랫동안 쉬고 있던 자동차의 시동을 켠다.
이 친구도 부르르 몸을 털면서 기지개를 켠다.
나의 성한 몸뚱이를 안아 들지 못하고
주차장 구석에서 먼지를 뒤집어쓴 채
근신해야 했던 너의 세월이 너무 길었다.
참 많이도 근질근질했겠지?

그의 목덜미를 어루만지고 심장을 더듬는다.
매일 출근길의 무사를 보호하던 고마운 내 친구.
나는 다시 운전대를 부여잡는다.
두 눈은 부릅뜨고 팔에 힘을 준다.

"자, 이제 다시 시작이야!"라는,
나의 뜻에

애마가 고개 다소곳이 끄덕이며
힘차게 달려 주었다.

거듭남

쉰도 넘어 '쉰한 살'에
머리칼이 새로 난다.
거듭남이로다.

이로부터 50년도 더 거뜬히 살겠다.

아픔도 선물이다

P 선배가 다리를 다쳤다고 한다. 아니 발가락을 다쳤다고 한다. 더 정확하게는 엄지발가락 골절상을 입어서 깁스를 했다고 한다.

엄지발가락을 다친 것이나, 다리를 다친 것이나 치료 과정은 비슷하다. 한마디로 집에서 '꼼짝 마' 상태로 자체 구금상태를 유지해야 하는 것이다. 평소 침착하고 찬찬한 성격의 소유자인지라 어쩌다 그런 상해를 입게 되었는지에 관심이 모아졌다.

그 사연은 이러했다.

평소 효심이 지극한 P 선배는 허리 수술을 한 친정어머니를 집으로 모셔서 달포 남짓 간호를 했다. 각오한 일이지만 어머니를 간호하는 것은 쉽지 않은 일이어서 바깥 생활도 일절 접고 오로지 집에서 간병에만 매달려야 했다. 다행히 어머니는 건강을 회복해서 오빠 집으로 가시고 비로소 작은 자유를 만끽하며 미루어오던 대청소를 시작했다. 그러다 그만 돌돌 말아놓은 카펫에 걸려 넘어지고 만 것이다. 그 바람에 온몸에 타박상을 입었고 급기야 엄지발가락 골절이라는 상해를 입게 된 것이다.

어머니 병간호에서 벗어나 겨우 한숨 돌리나 싶은 찰나, 기다렸다는 듯 본인에게 치료를 해야 하는 상황이 벌어졌다며, P 선배 "참으로 인생을 알 수 없다"라고 허허롭게 웃어 보였다.

P 선배의 '자택 구금'이 그날부터 시작됐다. 엄지발가락은 부

위는 작지만 온몸을 지탱하고 있어서 조금만 움직여도 회복이 늦어지는지라 걸을 수도, 서 있을 수도 없었다. '신체 구금'까지를 감수해야 했다. 가뜩이나 부지런하고 깔끔한 성격의 P 선배는 집안일은 일체 생략하고 외부 나들이도 삼가야 했다. 가끔 점심을 사 들고 집에 오는 후배들과의 만남이 유일한 낙이었다.

그렇게 근신하면서 '두 발로 걸어서 다니는 것이 얼마나 감사한지' 알게 되었고 '가고 싶은 곳을 마음대로 다닐 수 있는 것이 얼마나 큰 축복인지' 새삼 깨닫게 되었다고 했다. 깁스를 풀던 날 "이제 비로소 가을을 만끽할 수 있게 되었다"며, "프리덤"을 외치던 P 선배의 환한 얼굴을 잊을 수가 없다.

P 선배의 자유를 지켜보면서, 나도 자유로움을 만끽하던 순간을 회고 했다 암 수술 전·후 나를 옥죄고 있던 링거! 그것이 얼마나 불편하던지. 멀쩡하던 사람도 링거만 달면 그 순간부터 몸도 마음도 중환자 신세. 그 며칠을 참지 못하고 몸부림치는 사람도 많다. 링거를 뽑던 날, 새삼스럽게 두 손 두 발의 자유를 절감했었다.

마지막 8차 항암 주사를 맞던 날도 마찬가지. 침대에서 뒤척이며 약물 주입이 언제 끝나나 하염없이 바라보다가, 드디어 간호사가 주사기를 제거하던 순간, 눈물이 핑 돌았었다.

서른 번에 걸친 방사선 치료 역시, 결코 쉽진 않았다. 화상을 입은 것처럼 목덜미 주변이 헐고 허물이 벗겨지기를 반복하면서 가을이 지나고 겨울이 돌아왔다. 크리스마스 이브에야 치료가 끝났다. 그날만큼은 항암 치료에서 해방된 진정한 자유의 순간이었다.

　아파보지 않은 사람은 잘 모른다.
　그러니, 아프지 않을 때의 자유로움을 매일 만끽하며 감동해야 한다.
　매일 매일의 자유로움에 감동할 수 있어야 행복하다.

털끝 하나도

인체는 참으로 신비롭고 경이롭다. 그래서 사소한 어느 부위 하나 소중하지 않은 게 없다. 암 수술을 하기 4~5년 전쯤, 나 역시 작은(?) 부상을 당한 적이 있다. 자동차 문에 손가락이 끼어서 오른손 장지에 금이 가는 바람에 몇 주인지 몇 달인지 깁스하고 다녔는데 그것이 보통으로 불편한 게 아니었다. 우선 세수를 제대로 할 수 없고, 젓가락질도 불편했다. 운전하는데도 방해가 되고 컴퓨터 키보드를 두드리는 것도 자유롭지 못했다. 편집할 때도 시간이 두 배가 넘게 걸렸다.

그렇게 고생을 하고 깁스를 풀고 보니 그야말로 세상이 달리 보였다.

아, 손가락 하나 다친 게 그렇게 일상을 불편하게 할 줄이야.

심한 감기를 앓고 있던 후배에게 위로의 말을 건넸더니 후배가 멋쩍은 듯 웃으며 말했다. "그 게요. 집에서 코털 깎는 기계를 샀거든요. 재밌어서 코털을 심하게 밀었더니 그만……."

시트콤 같은 상황 설명에 유쾌하게 웃었지만, 코털이 외부로부터 불순물을 막아주는 것은 물론 온도 조절 기능도 담당한다는 사실을 새삼 확인하게 되었다. 우리 몸에서 털끝 하나까지도 소중하지 않은 건 없다. 그 모든 것의 건재가 얼마나 큰 축복인지를 알면 세상사에 감사하지 않은 게 없다. 겸손해지지 않을 사람 또한 없다.

사흘만 볼 수 있다면

　헬렌 켈러의 '사흘만 볼 수 있다'면 이란 글은 그 자체로써 감동이다. 시력과 청력을 잃고도 인간과 자연, 세상에 대한 무한한 사랑을 실천한 위대한 그녀가 53세에 썼다는 그 수필을, 암 투병을 하면서 읽으니까 더한층 뭉클해졌다.

　그녀는, '사흘만 볼 수 있다면' 첫째 날은 친절과 겸손과 우정으로 삶을 가치 있게 해준 사람을 보고 싶다고 했다. 제일 먼저, 어린 시절 그녀에게 다가와 바깥세상을 활짝 열어 보여주신 사랑하는 '앤 설리번 메이시' 선생님의 얼굴을 오랫동안 바라보고 싶다고 썼다.

　둘째 날은 새벽같이 일어나 밤이 낮으로 바뀌는 그 전율 어린 기적을 바라보고 싶다고. 태양이 잠든 대지를 깨우는 경건한 빛의 장관은 얼마나 경이로울까 감탄하면서 자연의 역사를 공부하고 싶다고 썼다.

　마지막 날에는 현실 세계에서 사람들이 일하며 살아가는 모습을 구경하며 보내고 싶다고 했다. 큰길에 나가 출근하는 사람들의 표정을 보고 아침에는 오페라 하우스, 오후에는 영화관에 가서 영화를 보고 싶다고 썼다.

　저녁이 되면 건물의 숲을 이루고 있는 도시 한복판으로 걸어나가 네온사인이 반짝이는 쇼윈도에 진열된 아름다운 물건들을 보면서 집으로 돌아와 눈을 감아야 할 마지막 순간, 사흘 동안이나마 눈으로 볼 수 있게 해주신 하느님께 감사의 기도를 드리고 영원한 암흑의 세계로 돌아가겠노라고……

매일 보고, 매일 들을 수 있는 나는 헬렌 켈러의 글을 읽으면서 한없이 낮아졌다. 엄지발가락이 부러지지 않아도, 손가락에 깁스하지 않아도, 감기에 걸리지 않아도 삶을 찬양하고 경이로운 세상에 감사를 잊지 말아야 했었다.

안타깝게도 대부분의 사람은 어린아이가 뜨거운 것에 놀라 봐야 뜨거운 것의 위험성을 알 듯, 모든 것을 겪어보고 나서야 그 이전의 가치를 알게 된다. 그러나 어떻게 닥친 사소한 불행이라도, 감당할 수 없는 고통일지라도 그것이 자신에게 주어지는 선물임을 명심한다면 누구든 그만큼으로 더 진리에 다가갈 수 있을 터이다.

고통과 아픔도 우리 인생에 주어지는 유익한 선물이다. 이렇게 생각하다 보니, 어쩐지 인생을 조금, 아주 조금쯤 알 것 같기도 하다.

✳

모내기

출근길, 김제 평야에 모내기가 한창이다.
물 대어 둔 논에서 논물이 찰랑인다.

어린 모가 뿌리 내리려고 용을 쓴다.
내 머리칼도 자립하려고 애쓰고 있다.
머리에 뿌리박고 일어서려고 몸부림친다.

머리가 온통 근질근질하다.
내가 살아있다.

세월의 힘

양산 원동 매실 마을에서
매화 꽃 소식 들려오는가 싶더니
어느새
실한 열매 거두어
나에게도
한 포대가 배달되었다.

씻고 다듬어
설탕과 함께 차곡차곡 쟀다.

지난해 아플 때는
매실 담기도 큰일 같더니,
올해는 반갑기만 했다.

다독다독
세월을 묻혔다.

돈의 흐름

병가일 때와
휴직일 때
월급이 조금씩 차이가 나더니
한 달 내내 수입이 없을 때가
한동안 지속했다.

월급은 내 돈이 아닌지라
내 통장을 거쳐 가는 '통로'일 뿐이지만
이제는 거쳐 가는 그 허술한 과정도 없으니
적금이랑 보험이랑 어디서 메꾸나?

없는 살림일수록
보험은 지켜야 하는지라,
적금 깨고
윗돌 빼서 아래에 메꾸고
아랫돌 들어내서 위에 쌓기 여러 차례
버티어 온 내가 참 용타.
신기하기 짝이 없다.

복 직 후 첫 월 급

이렇게 고소할 수가.
이렇게 다정할 수가.
이렇게 든든할 수가.

야쿠르트 아줌마처럼

휴직하는 동안 찬찬히 우리 집 주변을 둘러볼 수 있었다. 5층의 맨 우측에 위치한 우리 집은, 다행히 앞 동과 비켜서 바람도 잘 통하고 시야가 넓다. 특히 남쪽에 위치한 서재나, 부엌, 베란다에서는 전면이 다 보여서 오가는 사람들을 훤하게 친근하게 느낄 수 있다.

가장 먼저 눈에 들어오는 사람은 야쿠르트 아줌마다. 출근할 때는 눈여겨보지 않았는데 이 분은 보통 성실한 분이 아니다. 새벽에 아파트에 출근(?)해서 방문 배달을 하고, 이후에는 115동과 116동 사이에 있는 관리사무소 앞에서 자율 영업을 한다. 저물녘까지 이 지루하고 진지한 영업은 계속된다.

비가 오나 눈이 오나 자리를 뜨지 않고 항상 거기 그 모습으로 존재한다. 뜨거운 여름에는 일사병 걸릴까 걱정이고, 한겨울에는 동상 걸릴까 봐 신경이 쓰인다. 잠시 나무 그늘 아래서 햇볕을 피하는지 잠깐씩 모습이 보이지 않기도 하지만, 손님만 오면 어느새 자기 자리에 서곤 했다.

가끔은 내가 요거트 등을 살 때가 있는데, 그럴 때는 아줌마가 야쿠르트 한 병을 슬쩍 손에 쥐여준다. 나는 손사래를 치지만, 아줌마는 "내가 아무것도 못 해줘서 미안해요. 줄 수 있는 게 야쿠르트밖에 없어요. 제 정성이에요"라고, 눈빛으로 말해주어서 거절할 수 없었다.

얼마 전, 야쿠르트 아줌마가 20년 근속기념으로 회사에서 해외여행을 떠나게 되어 며칠 자리를 비운다고 말했을 때는 정말 반가웠다. 어쩌면 그는 우리 아파트의 산 증인일지도 모른다. 115동과 116동 사이에 있는 관리사무소 앞에서, 20년을 한 결로 자리를 지킨 야쿠르트 아줌마의 성실함을 확인할 수 있어서 정말로 기뻤다.

다시 출근하면서 아줌마의 하루를 온전히 함께 하지는 못하지만, 가끔 사무실에서도 우리 집 앞을 오가는 아줌마가 생각나면 어쩐지 든든하다.

그분에게서 은근한 겸손과 성실함을 배웠다. 나 역시도 그의 못지않은 성실함으로 나의 직책에 대한 신뢰감을 일구리라 거듭거듭 작심한다.

쓰레기에서 피는 희망

책들이 부쩍 쌓여서 일부 책을 정리하기로 했다. 보고 싶은 책을 선택해서 주문하거나 산 것은 그만큼 애정이 있고, 내 글이 실린 문예지나 저자가 직접 사인해서 보내준 책도 많아 선별하기가 쉬운 일이 아니었다. 사연 없는 책이 없었기 때문이다.

이번엔 별수 없이 15~20년 사이의 오래된 책을 내놓으려고 마음먹고 있던 차였다. 어머니가 쓰레기 분리수거를 하는 아저씨가 다리가 불편한 장애인인데, 요즘 폐지를 줍는 사람들이 늘어나는 바람에 정작 아저씨가 가져갈 몫이 줄어서 빈 차로 나갈 때가 많아 속상해한다는 말씀을 전해주었다.

재활용 쓰레기를 거둬 가는 아저씨를 제대로 만난 적은 없었으나 쓰레기를 싣고 가는 트럭의 뒤꽁무니를 바라보며 고마운 마음에 작은 선물이라도 드리고 싶다는 생각을 막연하게 했었다. 어머니 말씀을 듣고 보니 폐지를 내다 버리지 말고 아저씨에게 직접 전해드리는 것이 좋겠다 싶었다.

어느 날인가 주차를 하다가 마침 아저씨를 만나게 되었다. 몇 시쯤 오시는지 확인을 했더니 하루에 세 번 정도 들른다고 하셨다. "저희 집이 5층인데, 제가 정리를 좀 하려고 해요. 책을 계단 옆에 내놓을 테니 가져가실래요?"라고 여쭈었다. 그가 고맙다며 흔쾌히 그러하마고 했다.

　주말을 맞아 책을 네 박스쯤 모아 두고 아저씨 오기만을 기다렸는데 하필 전날부터 비가 오기 시작했다. 새벽부터 연신 비오는 창밖을 내다보며 아저씨를 기다렸다. 드디어 트럭이 아파트 앞으로 왔다. 그렇게 반가울 수가 없었다. 책을 쓰레기장에 내다 놓으면 비에 젖을 것 같아 현관 앞에 쌓아두고 아저씨를 기다렸다.

　아저씨는 녹슨 카트를 끌고 5층으로 올라왔다. 책 박스를 가져가라고 말씀드리면서, 순간 나는 크게 당황했다. 다리만 불편한 게 아니었다. 오른손도 쓰지 못하는 상태였다. 도저히 책 박스를 두 손으로 들 수 없는 상황이었다. 몸이 불편한 분을 5층까지 올라오라고 했으니 미안하기도 했지만, 무거운 책 박스를 어떻게 트럭에까지 옮길까 싶어서 암담하기만 했다.

　폐지를 다른 사람 아닌 아저씨에게 직접 전해드린다는 게 오히려 아저씨에게 이문보다 폐문이 되고만 상황이었다. 나는 아저씨의 왼팔과 힘을 합쳐서 낡은 카트에 두 박스를 겨우겨우 실어드렸다. 트럭까지 같이 옮길까를 여쭈었더니 괜찮다고 하면서 엘리베이터를 탔다.

　걱정되어서 베란다 쪽에서 창밖을 내다보았다. 아저씨는 왼쪽 팔로 책을 한 권 또 한 권 트럭으로 옮기고 있었다. 마치 슬로비디오를 보는 것 같았다. 아직도 많은 분량의 책이 박스에 남아있는 상태였다.

야속한 비가 계속해서 내리고 있다. 마음이 급해 반도 차지 않은 음식물 쓰레기를 들고 1층으로 내려갔다. 음식물을 버리고 아무렇지도 않은 듯 아저씨와 함께 책을 트럭에 옮겨 싣기 시작했다. 한쪽 구석에 쌓여 있는 책도 트럭에 실으실 것이냐고 물었더니 아저씨가 황급하게 손사래를 치며 이렇게 말씀하셨다.

"아뇨, 그 책은요, 제가 보고 싶어서 따로 빼놓은 책입니다."

아저씨의 분리수거가 늦어진 것은, 불편한 몸 때문이기도 했지만 한 권씩 살펴보며 나름으로 분류 선별을 했기 때문이었다.

아저씨가 보고 싶어서 따로 빼놓은 책은 ≪사미인곡≫, ≪토정비결≫같은 종류였다. 출판된 지 오래됐지만, 다행히 책의 상태는 양호했다. 쓰레기로 내놓은 짐이, 누군가에게는 간절히 '보고 싶은 책'이었으므로 나는 책의 새 주인 만남에 크게 안도했다.

한편 아저씨가 왜 하필 사미인곡과 토정비결에 관심을 갖는지는 모르겠으나 "책을 보고 싶었다"는 아저씨의 말씀이 내 가슴에 꽂혀서 한편으로 내가 민망하고 무렴해졌다. 책에 대한 반가움과 간절함과 소유의 기쁨이 충만하던 시절을 새삼 뒤돌아보게 했다.

❉

    내가 얼마나 간절하게 좋은 책 읽기를 소망했었던가. 내가 얼마나 간절하게 감명 깊은 책 한 권 소장하기를 희망했었던가. 내가 얼마나 살뜰하게 책 한 권의 가치를 챙기고 그 감동을 누렸었던가 싶은 회한과 반성이 가슴속에서 요동쳤다. 아저씨에게도 낡은 책이지만, 더는 폐지가 아니라 기쁨이자 행복의 조우였으리라.

    문득 성자처럼 살다간 권정생 선생의 일화가 떠올랐다. 권정생 선생은 일본에서 가난한 고물상 집 아들로 태어났다. 그의 아버지가 폐지를 수집하다가 찢어진 동화책 한 권을 아들에게 주었다. 쓰레기 더미에서 건진 동화책 읽기는 어린 권정생의 큰 기쁨이 헤아려졌다. 고물상 아버지가 쓰레기 더미에서 건져 낸 그 책들이, 훗날 주옥같은 작품을 남긴 권정생 선생의 문학 스승이 되고만, 실로 고귀한 선물이던 것이었다.

    상생자원의 그 아저씨는 반쪽의 몸으로 여전히 폐지를 나르고 재활용품을 수거해간다. 나는 오다가다 노상 쓰레기장을 살피곤 하는데 폐지 같은 재활용품이 많으면 기분이 좋아진다. 또한, 나는 눈치껏, 아저씨가 쓰레기장을 방문할 시간을 맞춰 폐지를 내어 놓는다.

    어머니에게 전해 듣기로 어느 날은 아저씨 대신 아들이 다녀갔다고 했다. 건장한 아들이 아버지를 돕는 태도를 생각만 해도 흐뭇하다. 그 아들이 어떤 책을 좋아할지 상상해본다. 혹시 그

취향을 살짝 알 수 있다면 내가 가진 책을 다수 폐지로 위장해서 내놓아도 아깝지 않을 것 같다.

아저씨네 트럭은 오늘 새벽에도 부릉부릉 아파트를 누볐다. 밤새 어떤 희망이 피어났을지 알 수 없지만, 차곡차곡 더 충분히 쌓아가기를 나는 기도한다.

아들의 하소연

밥 짓기 당번, 맏아들
한 컵씩 정성스레 쌀 씻어
심사숙고해서 물 맞추기를 여러 번

7컵 씻어서 올린 밥, 많다고 했더니
쌀 4컵 했는데 이번엔 적다고 했단다.
엄마가.

도대체 몇 컵을 해야 하느냐는
아들의 하소연.

아차,
며느리한테 그랬으면 큰 망신이렷다.
영락없이 시어머니 변덕 아니고 뭔가 싶다.

아들의 잔소리

방학 동안 살림 도맡은 아들
살림 솜씨가 늘어간다.

설거지할 때 수저가 걸리적거려요.
오른편 한쪽에 가지런히 놔 주세요.

계란 프라이는 노른자가 터지지 않게,
깨끗하게 드서 주세요.

물 드시고
컵은 바로 씻어주세요.

봉지 커피 자른 후
작은 비닐은 긴 쪽에 넣어서
분리수거 해주세요.

내가 하면 잔소리인데,
아들이 하는 말은 노련한 살림꾼에게 붙은
관록이 다됐다.

✳

"안돼요, 돼요, 돼요"

내 사전에 찾아보기 힘든 말.
안돼요.

암 환자 되고 나서
말이 먼저 앞선다.

안돼요.

내 안의 다른 내가
나도 모르는 단어를 들고 나와
깜짝깜짝 나를 놀라게 한다.

안 되는 것 될 때까지,
안돼요? 돼요, 돼요 돼요, 돼요 돼요 돼…….

더질더질

2016년 11월, 남원 지리산 소극장에서 소리꾼 박순천 씨 수궁가 두 번째 완창 발표회가 있다 하여 기쁜 맘으로 발표회장을 찾았다. 박순천은 크고 작은 행사에 소리로 흥을 돋우어 준 재능기부의 천사이다. 문화관에서 그에게 소리 빚 없는 사람이 드물 정도로 탄탄한 인맥을 쌓은 사람이다. 늦게 소리 공부를 시작한 그를 위해 근심 없이 소리에 전념할 수 있도록 박순천 명창을 후원하는 '국악 사랑 박순천과 동행'(회장 김경선 전 순창군 부군수)이 발족하였을 뿐 아니라, 무려 백여 명이 참가해서 응원을 아끼지 않고 있다니, 인간 박순천이 살아온 과거와 소리꾼 박순천의 미래를 동시에 짐작할 수 있는 부분이다.

순천은 대학교 3학년 어느 날 아침 자취방에서 눈을 뜨면서 "아, 나는 판소리를 해야겠다"라는 생각이 확연해져서, 그날로 익산 문화원에서 판소리를 배우기 시작했다. 문화패에서 활동하며 학생운동과 6월 항쟁을 이끌다가 남원 강도근 명창으로부터 제대로 소리를 익혔다. 강도근 선생으로부터 흥보가, 심청가, 춘향가, 적벽가, 수궁가를 사사하고, 현재 스승인 남해성 선생을 만나 수궁가 심청가를 사사했다.

남해성 명창은 국가 중요무형문화제 제5호 판소리 수궁가 보유자로, 그는 제자 박순천에 대해 "감정표현이 풍부하며 정확한 박자감으로 내가 가르치는 소리를 가장 나처럼 소화해서 표현할 줄 아는 소중한 제자"라고 아낌없는 애정을 드러낸다.

발표회를 시작한 지 얼마 되지 않아 마이크가 문제를 일으켰으나, 박순천은 당황하지 않고 오히려 거추장스럽다며 마이크를 떼어버리고 육성으로 소리를 이어갔다. "가사가 도망갈까 봐 긴장했다"는 소감이 무색할 정도로 관객들을 쥐락펴락 웃고 울리며 세 시간을 훌쩍 보냈다. 역시 내 친구답다.

필리핀에서 온 관객은 "많은 문화 공연을 접했지만, 판소리가 이렇게 위대한 문화인 줄 몰랐다"며 박순천 판소리 완창에 갈채를 보냈고 칠십평생 처음 판소리 공연장을 찾았다는 어느 할머니도 소리의 매력에 흠뻑 젖어 보였다.

박순천 명창은 엇중모리장단에 맞추어 뒤풀이를 부른 후 "더질더질~"로 소리를 맺었다. '더질더질'은 '어질더질'의 다른 말로 판소리 공연의 뒤풀이에 나오는 끝말이라고 한다. 영어자막 'The End'와 같다고 이해하면 될까.

더질더질은 판소리 완창자만이 할 수 있는 맺음이다. 완창 한 번 못한다면 더질더질은 평생 써 볼 수 없는 표현이다.

더질더질! 이 얼마나 귀한 표현인가.

소리꾼 친구 덕에 판소리 완창을 감상하고 귀가 번쩍 떠졌다. 진정한 소리꾼 하나 얻은 기쁨도 크지만, 그가 내 친구여서 더 자랑스럽다.

  일 년을 마무리할 때마다, 혹은 삶의 마지막 순간에 '더질더질' 맺음 할 수 있도록 더 열정적이고 완숙한 무대로 꾸려가자고 스스로를 격려한다.

  더질더질 파이팅!

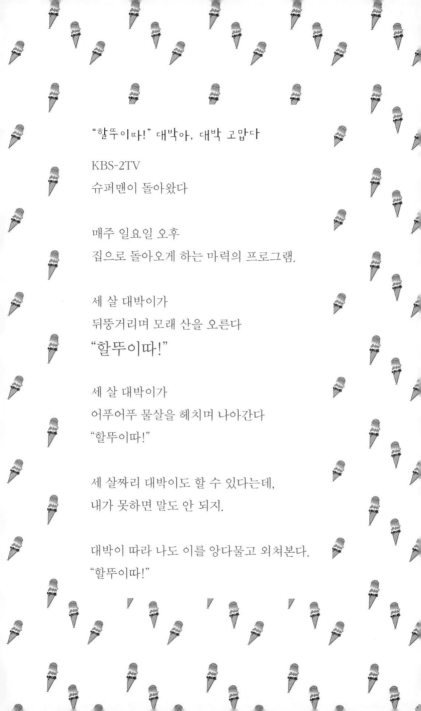

"할뚜이따!" 대박아, 대박 고맙다

KBS-2TV
슈퍼맨이 돌아왔다

매주 일요일 오후
집으로 돌아오게 하는 마력의 프로그램.

세 살 대박이가
뒤뚱거리며 모래 산을 오른다
"할뚜이따!"

세 살 대박이가
어푸어푸 물살을 헤치며 나아간다
"할뚜이따!"

세 살짜리 대박이도 할 수 있다는데,
내가 못하면 말도 안 되지.

대박이 따라 나도 이를 앙다물고 외쳐본다.
"할뚜이따!"

동병상련

우리나라 국민 약 140만 명이 암을 치료 중이거나 치료를 끝낸 암 경험자라고 한다. 어떤 자료에 의하면 세 명 중 한 명이 암 환자라는 내용도 있다.

암 환자가 많아진 것을 환경오염이나 식습관, 생활 여건 등을 그 요인으로 꼽지만, 나의 짧은 소견으로는 조기 발견의 중요성이 커지면서 모르고 있던 암을 발견하고 수술하는 사례가 많기 때문이 아닐까 싶다.

암 환자는 많아졌지만, 다행히 의료 환경이 좋아지면서 치료율도 높아지고 있다니, 나로서는 반갑고 희망적인 보도이기도 하다. 간혹 거절할 수 없는 청탁으로, 행사의 사회를 맡기도 하는데 3년째, 연례행사에 참석한 적도 있다. 항암 중에 진행자로 나섰다가 "1년 만에, 왜 이렇게 갑자기 살이 쪘냐?"는 얘기도 들었다. 저간의 사정을 알게 된 분은 살며시 나에게 다가와 "저도 사실 십년 전, 암 수술했어요"라고 고백하는 분도 있었다.

"항암하느라 애썼네요"라는 말을 들을 때 울컥해진다. 고통을 겪어 본 사람만이 공감할 수 있는 순간이다.

오래전, 수술하고 항암을 경험한 분들이 "나 이렇게 건강하잖아요? 걱정 말아요"라고 말해줄 때 힘이 솟는다. 나도 저분처럼, 건강하게 살 수 있겠지 싶으면 기운이 난다.

건강하게 잘 살아서, 나도 다른 암환자에게 희망을 주는 삶의
증거가 되고 싶다.

✳

감기처럼

감기가 잘 낫지 않는다.
병원에 가서 치료를 하면 좀 나은 성싶다가도
조금 방심하면 이내 불편하다.
그러나 감기 때문에 일상이 복잡하지는 않다.
약간 불편한 정도.
그래도 긴장을 늦출 수는 없겠지.

쉽게 치료되지 않는 감기처럼
암 또한 감기와 같은 것이라고 생각했다.
감기도 면역력이 부족하면 걸리는 것이고
열심히 운동하고 치료하면 회복되는 것처럼
암 또한 그러하다고.

암이 감기처럼 친근해졌다.
잘 다독여서 작별의 손
흔들어야지.

아픔은 위대하다

아프기 전보다 더 당당하고 더 아름다워졌다는 암 환자들을 주변에서 많이 만난다. 믿기 어렵겠지만 사실이다. 자신을 인정하고 객관적으로 바라볼 수 있는 시간을 갖고 자기 관리를 잘할 수 있게 된 때문일 것이다.

사실 장애를 극복하고 인류사에서 위대한 장면을 써내려간 위인들도 많다. 보고 듣거나 말하지도 못하는 3중 장애인 헬렌 켈러는 설리번 선생님의 도움으로 장애를 극복하고 반전주의자, 여성인권운동가 등 사회적으로 크게 기여했다. 세계 역사상 최초로 인문계 학사 학위를 받은 장애인이다.

헤르만 헤세는 신경쇠약과 자폐증을 갖고 있었다. 그럼에도 불구하고 데미안 등 명작을 남겼으며 1946년 노벨 문학상을 받았다.

자신이 작곡한 곡을 들을 수 없다는 것은 얼마나 큰 비극인가. 베토벤은 청력을 잃은 비운의 작곡가였다. 그는 작곡가로서 치명적인 청각장애를 앓으면서 위대한 음악가로 우뚝 섰다.

처칠은 언어장애를 갖고 있었는데 말더듬과 같은 유창성 장애를 가지고 있었다. 아예 발음이 되지 않는 단어도 있었고, 학교에서는 낙제생이라는 불명예 타이틀도 얻었다.

그런 와중에서 명연설가가 되었고 위기에 빠진 영국을 구했고 2차 세계대전을 승리로 이끌었다. 놀랍지 않은가.

　육체적 결함이나 정신적 고통이 아무리 중해도 그 아픔에 밀리지 않고 자신의 삶을 개척하여 인류사에 길이 남은 위인들의 이야기가 참으로 빛난다는 것을 나는 잘 안다. 나 또한 아픔의 터널을 천신만고 지나쳐 나왔기 때문이다.

　암 경험자들 역시 고통을 고통만으로 밀어두지 않고 고통과 질병을 보듬으면서 다독이고 사는 경우가 더 많다. 덕분에 자신의 건강을 면밀히 점검하고 조심하고 유의하면서 수행하듯이 지낼 수 있는 것이다.

　고통으로 얼룩진 삶이 빛나는 것을 가까이서 본다. 나의 아픔을 방치하지 않고 외면하지 않고 기꺼이 품어서 안으로부터 빛을 발할 수 있기를 기대한다.

살아 있으니
그럼 된 거야

암, 암이어도 괜찮아요

어느 유방암 환자가 육백일 동안 길어올린 반짝이는 생각의 편린들

살아 있으니
그럼 된 거야